ATTENTION !

Afin de respecter l'œuvre et son auteur, ce manga est présenté dans son sens de lecture original. Vous êtes ici à la fin du volume. Commencez par la dernière page et lisez les bulles de droite à gauche.

Scénario & dessin
BISCO HATORI

Traduction
ARNAUD TAKAHASHI

Adaptation graphique
APPLEMILK

Lettrage
LARA IACUCCI

Directeur de l'édition française ALAIN GUERRINI Comite de direction A. GUERRINI, A. DENECHERE, S. DALLAIN Directeur délégué SÉBASTIEN DALLAIN Directeur editorial européen MARCO M. LUPOI Rédacteur en chef WALTER DE MARCHI Chef de produit marketing MARJORIE TODRANI Controleur de gestion JOHN SCALA Coordinateurs éditoriaux MATTEO LOSSO, ANNA RODELLA Supervision LAURENT FREMONT Rédacteur MATTHIAS DAGORNE Directeur artistique MARIO CORTICELLI Conceptrice graphique SABRINA PIU Maquettiste ALESSANDRA LUGLI Avec la collaboration de J. BAGLIO, S. CONY, A. LEONTI, MPG, L. SAMMARTINO et de toute l'équipe de Panini Comics

HOST CLUB 4 ISBN : 2-84538-789-X. Un ouvrage PANINI MANGA/PANINI FRANCE S.A. Commercialisation et relations média : PANINI FRANCE S.A. - Z.I. SECTEUR D B.P. 62 - 06702 SAINT-LAURENT-DU-VAR CEDEX - www.paninicomics.fr - Tel. 04 92 12 57 57/Fax 04 92 12 57 58

 Dépot legal : septembre 2006. PANINI MANGA est une marque deposée par PANINI FRANCE S.A.
Impression : Aubin Imprimeur, chemin des deux croix, Ligugé. Imprimé en France/Printed in France

Host Club
Le lycée de la séduction

SEPTEMBRE 2006

Couverture originale

LOVELY DEVIL 1
Mitsuba Takanashi

Couverture originale

PARFAIT-TIC ! 1
Nagamu Nanaji

BLOOD – LE ROMAN
Mamoru Oshii

Couverture originale

SKYHIGH KARMA 1
Tsutomu Takahashi

HOT GIMMICK 7
Miki Aihara

HOST CLUB 4
Bisco Hatori

Couverture originale

BABE MY LOVE 2
Yoko Maki

BEYBLADE 9
Takao Aoki

WHISTLE! 5
Daisuke Higuchi

Couverture originale

20TH CENTURY BOYS 20
Naoki Urasawa

AVANT-PREMIÈRE | panini manga | www.paninicomics.fr

SHIRITSU - Girls girls girls 3 ➤ 192 pages • 6,95 €
Disponible dès octobre 2006 • Série en trois volumes

Une nouvelle série signée **Mayumi Yokoyama** : bad girls aux chaussettes tombantes, garçons super mignons, embrouilles diverses et variées… Tous les ingrédients sont réunis pour souffler une tempête sur le lycée. En effet, la turbulente **En Nonomiya**, précédemment renvoyée de son école, se retrouve inscrite de force dans un établissement privé. Un lycée où les mystérieuses Bijofûs, une obscure bande de lycéennes, veillent à l'application d'une discipline de fer. L'adaptation d'En dans son lycée sera laborieuse mais elle s'intégrera rapidement dans une bande de jeunes filles prêtes à en découdre avec les diaboliques Bijofûs.

Special Thanks !!

JE N'AI PAS EU LE TEMPS DE FAIRE DE DESSIN À METTRE EN DERNIÈRE PAGE, CETTE FOIS ! DÉSOLÉE ! LA PROCHAINE FOIS, POUR LE TOME 5, VOUS AUREZ DROIT À MORI + HARUHI !

À LA PLACE, JE VOUS METS ÇA. C'EST UN DES CRAYONNÉS QUE J'AVAIS FAITS POUR L'ILLUSTRATION D'OUVERTURE DU TOME 2 ! ESSAYEZ DE VOUS IMAGINER CE QUE ÇA POURRAIT DONNER UNE FOIS FINI ! ET ENCORE TOUTES MES EXCUSES ! JE SAIS, J'ABUSE (HAHAHA) !

MONSIEUR YAMASHITA - TOUTE LA RÉDACTION - TOUS CEUX QUI ONT PARTICIPÉ DE PRÈS OU DE LOIN À LA PUBLICATION DE CE MANGA - YUI NATSUKI AÏ SATAKE - AYA HEKIMURA - AKANE OGURA - YUKI OKANO - RINA HASEGAWA ET BIEN SÛR, VOUS, LECTEURS !!

EGOISTIC CLUB - FIN

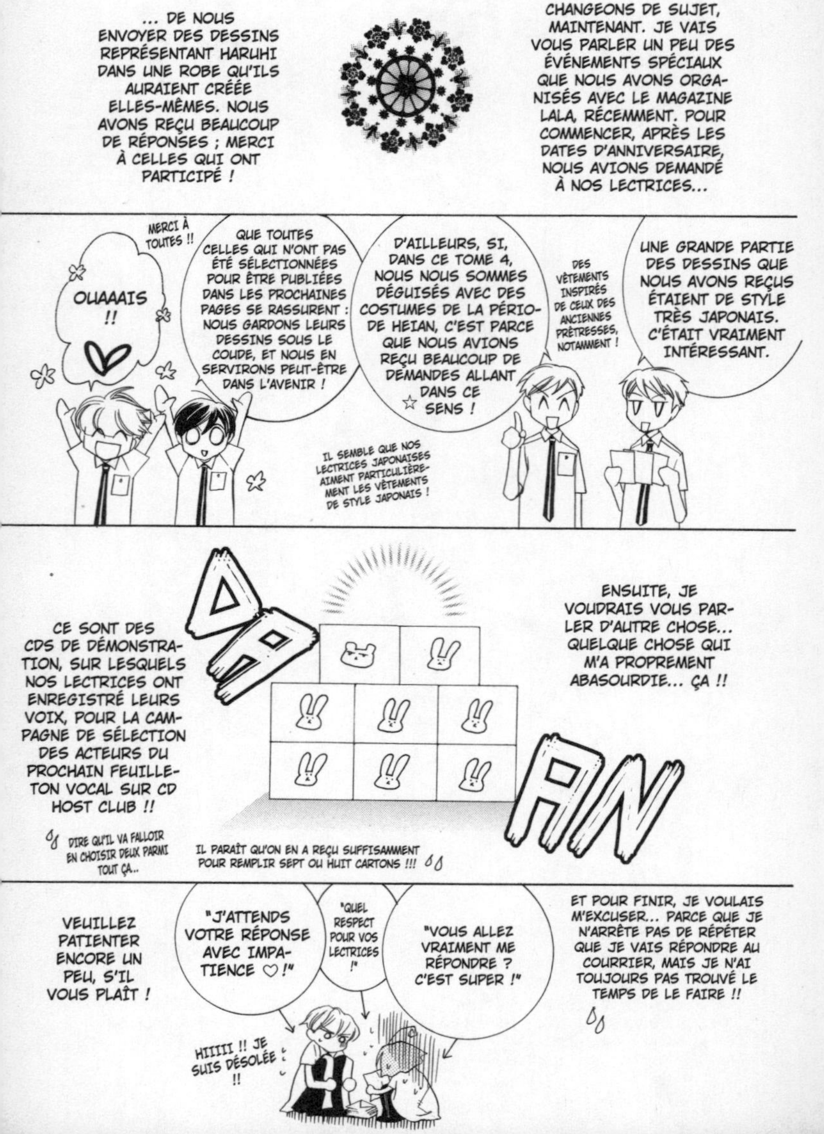
CHANGEONS DE SUJET, MAINTENANT. JE VAIS VOUS PARLER UN PEU DES ÉVÉNEMENTS SPÉCIAUX QUE NOUS AVONS ORGANISÉS AVEC LE MAGAZINE LALA, RÉCEMMENT. POUR COMMENCER, APRÈS LES DATES D'ANNIVERSAIRE, NOUS AVIONS DEMANDÉ À NOS LECTRICES...
... DE NOUS ENVOYER DES DESSINS REPRÉSENTANT HARUHI DANS UNE ROBE QU'ILS AURAIENT CRÉÉE ELLES-MÊMES. NOUS AVONS REÇU BEAUCOUP DE RÉPONSES ; MERCI À CELLES QUI ONT PARTICIPÉ !
UNE GRANDE PARTIE DES DESSINS QUE NOUS AVONS REÇUS ÉTAIENT DE STYLE TRÈS JAPONAIS. C'ÉTAIT VRAIMENT INTÉRESSANT.
DES VÊTEMENTS INSPIRÉS DE CEUX DES ANCIENNES PRÊTRESSES, NOTAMMENT !
D'AILLEURS, SI, DANS CE TOME 4, NOUS NOUS SOMMES DÉGUISÉS AVEC DES COSTUMES DE LA PÉRIODE DE HEIAN, C'EST PARCE QUE NOUS AVIONS REÇU BEAUCOUP DE DEMANDES ALLANT DANS CE SENS ! ☆
IL SEMBLE QUE NOS LECTRICES JAPONAISES AIMENT PARTICULIÈREMENT LES VÊTEMENTS DE STYLE JAPONAIS !
QUE TOUTES CELLES QUI N'ONT PAS ÉTÉ SÉLECTIONNÉES POUR ÊTRE PUBLIÉES DANS LES PROCHAINES PAGES SE RASSURENT : NOUS GARDONS LEURS DESSINS SOUS LE COUDE, ET NOUS EN SERVIRONS PEUT-ÊTRE DANS L'AVENIR !
MERCI À TOUTES !!
OUAAAIS !!
ENSUITE, JE VOUDRAIS VOUS PARLER D'AUTRE CHOSE... QUELQUE CHOSE QUI M'A PROPREMENT ABASOURDIE... ÇA !!
DAAN
IL PARAÎT QU'ON EN A REÇU SUFFISAMMENT POUR REMPLIR SEPT OU HUIT CARTONS !!!
CE SONT DES CDS DE DÉMONSTRATION, SUR LESQUELS NOS LECTRICES ONT ENREGISTRÉ LEURS VOIX, POUR LA CAMPAGNE DE SÉLECTION DES ACTEURS DU PROCHAIN FEUILLETON VOCAL SUR CD HOST CLUB !!
DIRE QU'IL VA FALLOIR EN CHOISIR DEUX PARMI TOUT ÇA...
ET POUR FINIR, JE VOULAIS M'EXCUSER... PARCE QUE JE N'ARRÊTE PAS DE RÉPÉTER QUE JE VAIS RÉPONDRE AU COURRIER, MAIS JE N'AI TOUJOURS PAS TROUVÉ LE TEMPS DE LE FAIRE !!
"VOUS ALLEZ VRAIMENT ME RÉPONDRE ? C'EST SUPER !"
"QUEL RESPECT POUR VOS LECTRICES !"
"J'ATTENDS VOTRE RÉPONSE AVEC IMPATIENCE ♡ !"
HIIIII !! JE SUIS DÉSOLÉE !!
VEUILLEZ PATIENTER ENCORE UN PEU, S'IL VOUS PLAÎT !

PLUSIEURS JOURS PASSÈRENT SANS QUE LE MYSTÈRE SOIT RÉSOLU. LORSQUE SOUDAIN...
OUPS, MA SANDALE...
FLUP
GYAAAAH !!
YUI... QU'EST-CE QUE ÇA PEUT BIEN ÊTRE ? J'AI PEUR, MOI !!
JE NE VOIS QUE ÇA...
OH... OH NON ! TOUT MAIS PAS ÇA !!
YUI, FILLE DE LA RÉDAC, TRÈS EFFICACE ET COMPÉTENTE.
HUM... UN PHÉNOMÈNE PARANORMAL, PEUT-ÊTRE ?
...
VIEILLES SANDALES AUXQUELLES J'ÉTAIS TRÈS ATTACHÉE.
EN REGARDANT BIEN, ON VOIT QUE PLUSIEURS DES BITONIAUX QUI SERVENT À STIMULER LA CIRCULATION SANGUINE (JE CROIS) SE SONT DÉTACHÉS.
YUI... JE SUIS DÉSOLÉE ! C'ÉTAIENT LES BITONIAUX, LES COUPABLES ...
QUOI ?! MAIS C'EST RIDICULE !!
ET SURTOUT, COMMENT TU AS FAIT POUR NE PAS T'EN RENDRE COMPTE, EN PORTANT TES SANDALES ?!
QUAND J'Y REPENSE, JE ME DIS QUE JE ME SUIS VRAIMENT FAIT FLIPPER POUR RIEN, AVEC CETTE HISTOIRE ...
MAIS ALORS VRAIMENT POUR RIEN...
ENFIN, C'EST TOUT DE MÊME GRÂCE À CET ÉPISODE QUE J'AI APPRIS, CET ÉTÉ-LÀ, QUE LES BITONIAUX DE CE GENRE DE SANDALES POUVAIENT SE DÉTACHER.

EGOISTIC CLUB

ÇA VA, JE PEUX ENCORE ...
PANT
... LE PORTER.
CE N'EST PAS LE PROBLÈME...
GLOOM
CRITÈRES D'ÉVALUATION DE L'EMBONPOINT SELON MORI
IL PEUT PORTER
IL NE PEUT PAS PORTER
LÉGER
LOURD
"JE ME FICHE QUE TU SOIS GROS ! CE QUE JE VEUX, C'EST QUE TU DEVIENNES FORT".
FLAP
¡C'ÉTAIT UN CAUCHEMAR ...
J'AI EU PEUR...
CE SONT, PEUT-ÊTRE, LES MOTS QUI ONT TRAVERSÉ L'ESPRIT DE MORI À CE MOMENT-LÀ.
ON NE LE SAURA JAMAIS. RESTE QUE, GRÂCE À CETTE HISTOIRE, NOUS AVONS PU VOIR QUE HANI EN VERSION GROS NE FAIT LE BONHEUR DE PERSONNE. ET POUR CETTE RAISON, VOUS NE LE VERREZ PLUS JAMAIS COMME ÇA.
THE END
D'AILLEURS, JE N'AI PAS ENVIE D'AVOIR À LE REDESSINER COMME ÇA...

BLINK
OH, OH...
?!!
GASP
AU SECOURS !!
IL ROULE VERS NOUS !!
ROLL ROLL
ROLL
ROLL
IL... EST DEVENU SI GRAS QU'IL NE VEUT PLUS SE FATIGUER À MARCHER !!
QU'AVONS-NOUS FAIT ?! POURQUOI L'AVONS-NOUS LAISSÉ GROSSIR À CE POINT ?!!
GLOUPS
QUELS IDIOOOOTS !!
MORI ! À L'AIIIIIIDE !
POF
FHUP
SKREEEE
OUIIIIIIN !!
HO HISSE ! ALLEZ, SUR MON DOS !
RATTLE RATTLE RATTLE

WAAAIS ! BON APPÉTIT, MOI !
CES DERNIERS TEMPS, J'AI DE PLUS EN PLUS DE MAL À TROUVER HANI "MIGNON"...
HUM..
IL M'ÉNERVE UN PEU, CES JOURS-CI.
JE ME DEMANDE POURQUOI.
J'AI ENVIE DE LE FRAPPER. VRAIMENT.
JE ME DEMANDE POURQUOI...
EST-CE QUE C'EST MA VUE QUI BAISSE ? JE VAIS ALLER VOIR UN OPHTALMO-LOGUE...
JUSQU'ICI, LE VOIR EN TRAIN DE MANGER SES GÂTEAUX, ÇA FAISAIT PARTIE DU PERSONNAGE, ET LES CLIENTES AIMAIENT ÇA, MAIS...
RÉCEMMENT, ÇA N'A PLUS L'AIR DE FONCTIONNER...
KYAAH !
QU...
ÇA Y EST, MAINTENANT C'EST CERTAIN ! IL A GROSSI !!
POURQUOI EST-CE QUE PERSONNE N'A FAIT LA REMARQUE, JUSQU'À PRÉSENT ?!
JE COMMENÇAIS À PENSER QUE C'ÉTAIT MOI QUI DEVENAIS FOU !!
OUI ! EN MÊME TEMPS, AVEC TOUTES LES CALORIES QU'IL INGURGITE, ÇA N'A RIEN D'ÉTONNANT !
ON AURAIT DÛ SE MÉFIER !!
C'EST QUE...
C'EST QUE... COMME PERSONNE NE DISAIT RIEN, JE CROYAIS QUE C'ÉTAIENT MES YEUX QUI ME JOUAIENT DES TOURS, MOI !
HUM...
IL APPARAÎT DÉSORMAIS CERTAIN QUE LA THÉORIE QUI VEUT QUE LE PERSONNAGE DU "JEUNE ENFANT QUI PLAÎT AUX FILLES PAR SA NAÏVETÉ ET SON CÔTÉ MIGNON" NE PUISSE JAMAIS GROSSIR, MÊME EN SE GAVANT DE SUCRERIES TOUT LE TEMPS, ÉTAIT PURE INVENTION !!
KYOYA ! COMMENT PEUX-TU PRENDRE ÇA AVEC TANT DE LÉGÈRETÉ ?!

CAS NUMÉRO DEUX. ET SI HANI AVAIT TENDANCE À PRENDRE DU POIDS EN FONCTION DE CE QU'IL MANGE ?
HANI ! C'EST L'HEURE DU GOÛTER !
TIENS ? IL NE RÉPOND PAS ! MAIS OÙ PEUT-IL BIEN ÊTRE ?!
HANI ?! SI TU NE VIENS PAS VITE, ON VA TOUT MANGER À TA PLACE !
NAAAAAN !!
NE FAITES PAS ÇA !
*BÂTONS AU CHOCOLAT GÉANTS
MES GÂTEAAAAUX !
BWIP
GROS LARD
HUUUNF
GROS LARD
ON DIRAIT QU'IL EST COINCÉ...
JE ME DEMANDE POURQUOI IL A ESSAYÉ DE PASSER PAR LÀ...
OUAAAAAIS !! DES GÂTEAUX ! DES GÂTEAUX !
THUMP THUMP THUMP
JE LES VEUX TOUS !!! ♡
C'EST QUOI, LES GOÛTS, AUJOUR-D'HUI ?
EUH... CHOCOLAT... FRAISE...
HUM, JE M'ATTENDAIS À CETTE RÉPONSE...
ON NE SE DEMANDE PAS POURQUOI...

TOUT VA BIEN SE PASSER.
JE VAIS M'OCCUPER DE TOI BIEN SOIGNEUSEMENT, PENDANT TOUT LE TEMPS QUE DURERA L'INVERSION DE NOS CORPS. JUSQU'À CE QUE TU SOIS CAPABLE DE TE COMPORTER COMME MOI !
ÇA VA DEMANDER UN ENTRAÎNEMENT PLUS QU'INTENSIF.
KYOYA...
ET BIEN SÛR, EN CONTREPARTIE, J'ESSAIERAI DE MON CÔTÉ - DANS LA MESURE DE MES CAPACITÉS - D'ÊTRE UN "TAMAKI SUO" CONVAINCANT.
JE SAIS, C'EST DIFFICILE À SUPPORTER. DÉSOLÉE !
PARCE QU'IL SERAIT DOMMAGE DE NE PAS PROFITER DE MA CONDITION ACTUELLE DE "FILS DU CHEF DU CONSEIL D'ADMINISTRATION" ET DE "NUMÉRO UN DU CERCLE D'HÔTES", NON ?
SMILE
!!
GOUVERNEMENT DE TERREUR
(JE NE PEUX PAS VOUS LE MONTRER, C'EST TROP HORRIBLE.)
CONCLUSION.
EN TOUTE CIRCONSTANCE, IL VAUT MIEUX QUE LA PERSONNE QUI DISPOSE DE L'AUTORITÉ SUPRÊME SOIT UN PEU BÊTE. ET QUE CE SOIT SON SECOND QUI COMPENSE.

SNIF...
NE PLEURE PAS !!
OH ! IL RESTE DU SEL SUR MES DOIGTS !
SNIF...
NE LÈCHE PAS !
ET NE PRENDS PAS CET AIR ACCABLÉ AVEC MON CORPS !!
TU VEUX TORTURER MES FANS OU QUOI ?
OUIIIIIIIN !!
HARUHIIII ! KYOYA EST MÉCHANT !!
KYOYA, QUAND IL PLEURE, EST EFFRAYANT. KYOYA, QUAND IL PLEURE, EST EFFRAYANT...
C'ÉTAIT POUR VOUS, QUE J'ÉTAIS CONCENTRÉ SUR MES ANNEAUX DE POMME DE TERRE ! POUR ESSAYER DE VOUS DISTRAIRE UN PEU ! TU ME COMPRENDS, N'EST-CE PAS HARUHI ! DIS QUE TU ME COMPRENDS !
ALLEZ ! DIS OUI À PAPA !!
EU...
EUH... OU... OUI, OUI. EXCATEMENT. TOUT CE QUE TU AS DIT. OUI.
QU'EST-CE QUE C'EST QUE CETTE MINE TERRIFIÉE ET CETTE RÉPONSE FORCÉE !!
HAAA...
SI NOUS N'ARRIVONS PAS À RETROUVER NOS CORPS RESPECTIFS, QU'EST-CE QUE NOUS ALLONS FAIRE !
HARUHI A PEUR DE CE CORPS... IL VA FALLOIR QUE JE FINISSE MES JOURS SANS PLUS JAMAIS POUVOIR L'APPROCHER, COMME SI J'ÉTAIS "ZE KING OF ZE MAL"...
C'EST TRÈS MAL-POLI ENVERS KYOYA...
LES DEUX HOMMES À LUNETTES...
TAMAKI ...

*ANNEAUX DE POMME DE TERRE

BONUS
LE PETIT THÉÂTRE À SUSPENS DU LYCÉE CERISIERS ET ORCHIDÉES
FACE À L'IMPRÉVU, IL ARRIVE PARFOIS QUE L'ON S'IMAGINE LE PIRE, POUR FINALEMENT, UNE FOIS QUE L'ON APPREND LA RÉALITÉ DES FAITS, SE SENTIR SOULAGÉ DE VOIR QU'ELLE EST BIEN EN-DEÇÀ.
by
PAR BISCOTTE HATORI.
IL S'AGIT D'UNE SÉRIE D'HISTOIRES FICTIVES DANS LA FICTION. DES "ET SI...", SI VOUS PRÉFÉREZ.
*ANNEAUX DE POMME DE TERRE
CAS NUMÉRO UN. ET SI L'ÂME DE KYOYA ET CELLE DE TAMAKI S'INTERVERTISSAIENT.
FLIP
...
ポテ輪
ÇA FAIT SCRUNCH ! ET SCRONCH ! ET C'EST BON.

... EN UN SENS, CE N'EST PAS PLUS MAL ! QUE LE MONDE SERAIT ENNUYEUX, S'IL N'ÉTAIT PEUPLÉ QUE DE GENS FRANCS ET DROITS !
LE TONTON N'EST CAPABLE D'OUVRIR SON CŒUR QU'AUX PERSONNES QUI COMPTENT RÉELLEMENT POUR LUI !
POUR QUI S'INTÉRESSE À LUI, POUVOIR OBTENIR L'UNE DE CES PLACES RARES ET PRÉCIEUSES...
... C'EST SANS DOUTE ÇA, LA CLÉ DU VRAI BONHEUR !

SUMIRE...
... TOUT À L'HEURE, TU AS AFFIRMÉ ÊTRE CAPABLE DE CHANGER POUR LA PERSONNE QUE TU AIMES, N'EST-CE PAS ?
PARCE QUE JE TE PRÉVIENS : JE N'AIME PAS LES FILLES QUI NE SONT PAS SÛRES D'ELLES !
ALORS...
... IL VA FALLOIR TRAVAILLER UN PEU, DE CE CÔTÉ-LÀ !
HEIN ?
AÏE !
POURQUOI EST-CE QU'IL NE PEUT PAS LUI DIRE SIMPLEMENT "TU ES TRÈS BIEN COMME TU ES" ? C'EST POURTANT CE QU'IL PENSE, EN VÉRITÉ, NON ?
IL EST INCORRI-GIBLE...
N'EST-CE PAS...
MAIS ENFIN...

PARCE QUE TU ES LA PREMIÈRE PERSONNE POUR QUI J'AI RÉUSSI À ME PRÉOCCUPER AUTANT... LA PREMIÈRE PERSONNE POUR QUI J'AI PU PANIQUER, MÊME...

À CAUSE D'ELLE, SUMIRE A ÉTÉ LÉGÈREMENT BLESSÉE...
TOUT DE MÊME, NOUS AVONS UN PEU FORCÉ SUR LES PROPRIÉTÉS EXPLOSIVES DE CETTE POTION...
VOYONS, NADESHIKO, TANT QUE LE RÉSULTAT EST POSITIF, ÇA N'A PAS D'IMPORTANCE !
TU CONNAIS LE PROVERBE : ON N'OBTIENT PAS D'OMELETTE SANS CASSER DES ŒUFS !
CELA DIT...
... C'EST LA PREMIÈRE FOIS QUE JE LE VOYAIS PARLER AUSSI BIEN...
... LE TONTON !
EH OUI ! CE SONT SES NIÈCES !!
HIN HIN HIN HIN HIN HIN !
?

ET TU NE PENSES PAS QUE ÇA POURRAIT VALOIR LE COUP D'ESSAYER DE ME LES FAIRE INTÉGRER ?
JE TE PRÉVIENS ...
... POUR MOI, JE SUIS L'ÊTRE LE PLUS BEAU DE LA TERRE.
ET, A PRIORI, JE DOUTE DE POUVOIR CHANGER UN JOUR, QUOI QUE TU ME DISES.
MAIS SI TU VEUX QUAND MÊME ESSAYER, JE SUIS PRÊT À TE LAISSER FAIRE.
HÉ HÉ !

ÇA SERAIT INUTILE !! VOUS NE COMPRENDRIEZ PAS !!
GWAAH !!
ET QU'EST-CE QUI TE PERMET D'EN ÊTRE SI SÛRE, IDIOTE !!
CLINCH
VOUS...
VOUS ME L'AVEZ FAIT COMPRENDRE VOUS-MÊME : VOUS N'AIMEZ PERSONNE ! PERSONNE !
OR, MOI, JE VEUX ÊTRE AIMÉE DE LA PERSONNE QUE J'AIME !!
JE ME PRÉOCCUPE DE SAVOIR CE QU'ELLE PENSE DE MOI !!
JE SUIS MÊME CAPABLE D'ESSAYER DE CHANGER, POUR ELLE !!
MAIS TOUT ÇA, VOUS, MONSIEUR SAGINUMA, CE SONT DES NOTIONS QUI VOUS SERONT PROBABLEMENT À JAMAIS ÉTRANGÈRES !!

... MAIS JE NE PEUX RIEN FAIRE. MES SENTIMENTS POUR LUI SONT TROP FORTS.
HÉ BIEN, TOI !
ESPÈCE DE SALE PETITE MENTEUSE !!
QU'EST-CE QUE C'EST QUE CETTE FAÇON DE SE COMPORTER ? JE NE COMPRENDS VRAIMENT RIEN À LA FAÇON DONT TU FONCTIONNES !
SI TU AS QUELQUE CHOSE À ME DIRE, DIS-LE CLAIREMENT ET FRANCHEMENT !!
CE...

EH BIEN... ELLE ET TOI, VOUS ÊTES CENSÉS...
MONSIEUR ! IL NE FAUT PLUS PRONONCER LE NOM DE SUMIRE DEVANT LUI, MAINTENANT !!
PAT
ELLE L'A PLAQUÉ HIER !
JE L'AVAIS POURTANT PRÉVENU, QU'IL ESSAYAIT DE VISER TROP HAUT !
BWAHA-HAHAHA-HAHA !!
JE T'INTERDIS DE RIRE !!
JE SUIS DÉSOLÉE, SAEKI...
MAIS JE SUIS AMOUREUSE DE QUELQU'UN D'AUTRE.
JE SAIS QU'IL NE VOUDRA JAMAIS DE MOI...

J'ESPÈRE QUE VOUS TROUVEREZ VITE QUELQU'UN QUE VOUS POURREZ AIMER, ET QUI SAURA VOUS LE RENDRE !
MERDE...
QUELLE SITUATION GROTESQUE !
CRRR
KRRR
SAEKI !
OÙ EST SUMIRE ?
HEIN ? POURQUOI VOUS ME DEMANDEZ ÇA À MOI ?
PREMIÈRES A

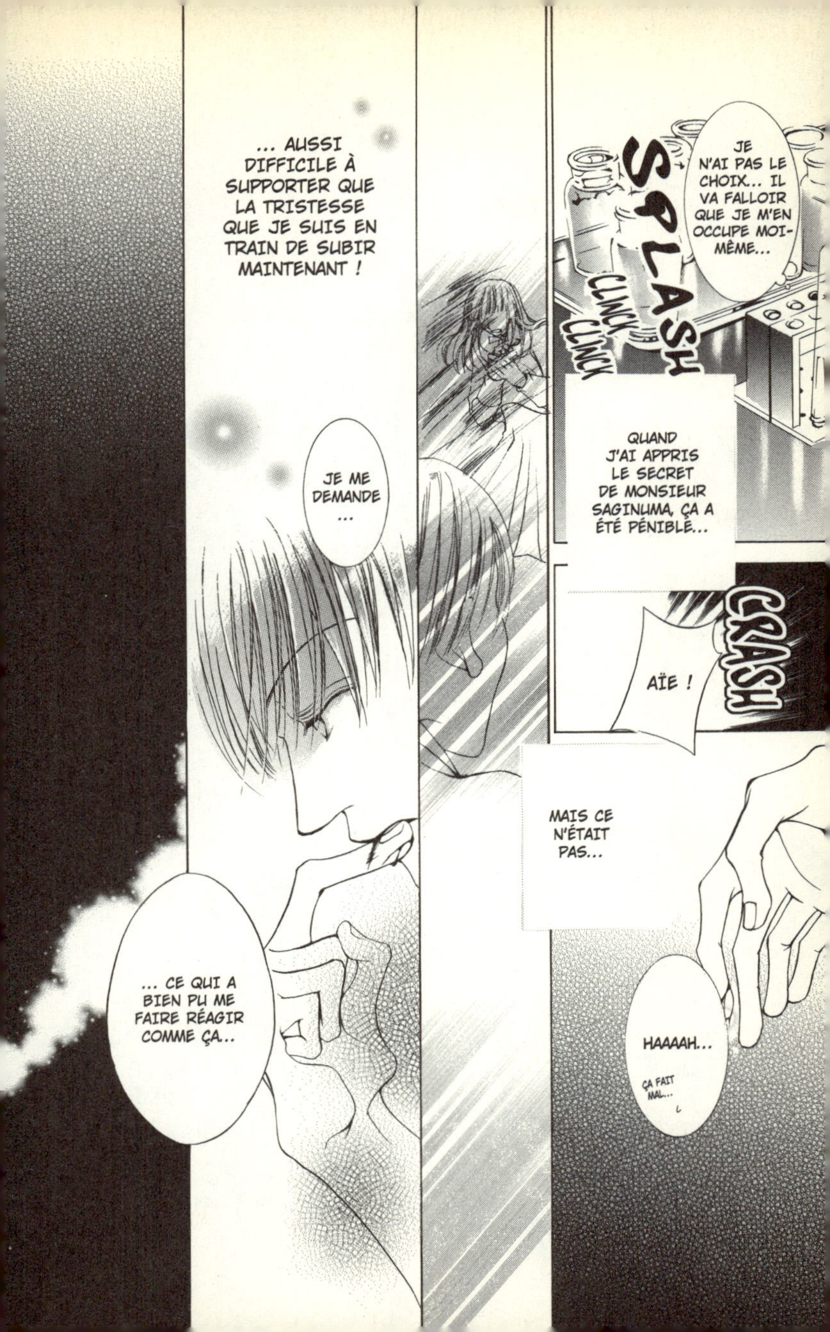
JE N'AI PAS LE CHOIX... IL VA FALLOIR QUE JE M'EN OCCUPE MOI-MÊME...
SPLASH
CLINCK CLINCK
QUAND J'AI APPRIS LE SECRET DE MONSIEUR SAGINUMA, ÇA A ÉTÉ PÉNIBLE...
CRASH
AÏE !
MAIS CE N'ÉTAIT PAS...
HAAAAH...
ÇA FAIT MAL...
... AUSSI DIFFICILE À SUPPORTER QUE LA TRISTESSE QUE JE SUIS EN TRAIN DE SUBIR MAINTENANT !
JE ME DEMANDE ...
... CE QUI A BIEN PU ME FAIRE RÉAGIR COMME ÇA...

... VOUS TROUVEREZ VITE QUELQU'UN QUE VOUS POURREZ AIMER, ET QUI SAURA VOUS LE RENDRE !
SUMI...
FRRR
TAP TAP TAP
N'IMPORTE QUOI...
ELLE AURAIT AU MOINS PU FERMER LA PORTE...
KRANG
BON.
MAINTENANT, IL VA FALLOIR QUE JE TROUVE UN AUTRE MOYEN DE ME DÉBARRASSER DE CES TÂCHES INGRATES...
DIRE QUE J'AVAIS FAIT EXPRÈS D'EN LAISSER TRAÎNER PLEIN, JUSTE POUR ELLE... ET ELLE ME LÂCHE !
POLYCOPIÉS.
À LAVER.
À EMPORTER À LA SALLE DES PROFS.

HIER...
... SAEKI M'A FAIT SA DÉCLARATION.
ET ?
TU VAS SORTIR AVEC LUI, ALORS ?
OUI.
AH BON. CE QUI VEUT DIRE QUE JE NE VAIS PLUS POUVOIR TE DEMANDER DE FAIRE TOUTES CES PETITES TÂCHES QUE JE TE CONFIAIS JUSQU'ICI.
CE SERAIT INSULTANT POUR SAEKI.
HON HON.
EH BIEN, TANT MIEUX !
ENFIN !
TU AURAS ÉTÉ PLUTÔT PAS MAL, POUR UNE ÉLÈVE.
ILS SONT RARES, CEUX QUI ARRIVENT À RIVALISER AVEC MOI COMME TU L'AS FAIT.
EN TOUT CAS, BON COURAGE. ET ESSAIE DE FAIRE EN SORTE DE NE PAS TE MONTRER SOUS TON VRAI JOUR !
MONSIEUR...
EST-CE QU'IL Y A QUELQU'UN, DANS VOTRE VIE ?
HEIN ?!
QU'EST-CE QUI TE PREND, D'UN COUP ?!
J'ESPÈRE QUE...

MAIS... SI JAMAIS IL VENAIT À S'EN RENDRE COMPTE...
... JE NE POURRAIS PLUS ESPÉRER RESTER À SES CÔTÉS COMME JE PEUX LE FAIRE MAINTENANT...
PREMIÈRES 2-A
SUMIRE !
COMMENT VA TA MAIN ?
AH, SAEKI !
...
BIEN MIEUX, MERCI !
DÉSOLÉE DE T'AVOIR INQUIÉTÉE !
SUMIRE... JE VOULAIS TE DEMANDER...
A... APRÈS LES COURS, TU ES LIBRE ?
IL Y A... QUELQUE CHOSE DONT JE VOUDRAIS TE PARLER...

C'EST DONC...
... JUSTE ÇA ? RIEN DE PLUS ?
HUH ? QU'EST-CE QUE TU AS ENCORE ? ÇA TE FAIT MAL À CE POINT ?
OU...
JE LE SAVAIS, QUELQUE PART...
JE ME DEMANDE CE QUE J'ESPÉRAIS...
OUI... J'AI MAL ...
OUHHHHN !
DANS LE CŒUR DE CET HOMME... IL N'Y A PAS DE PLACE POUR MOI, C'EST POURTANT ÉVIDENT...
ALLONS, ALLONS !
HAAH, JE SUIS BIEN EMBÊTÉ...
LÀÀÀ ! TOUT VA BIEN...
J'AIMERAIS TANT POUVOIR DEVENIR "SPÉCIALE" POUR LUI !!

MERCI !
CLACK
ROUL ROUL
FRANCHE-MENT…
QU'EST-CE QUE TU AS FABRIQUÉ, PETITE IDIOTE.
QUOI ?
JE ME SUIS VRAIMENT COMPORTÉ COMME ÇA ?!
MONSIEUR… TOUT À L'HEURE…
OUI… ÇA A EU L'AIR DE FAIRE DE L'EFFET…
VOUS AVEZ MÊME MENACÉ DE MORT LE DÉLÉGUÉ…
MERDE !
BAH, IL NE FAUT PAS VOUS EN PRÉOCCU-PER. ÇA SE TASSERA.
LA SITUATION ÉTAIT UN PEU GRAVE, DONC ILS COMPREN-DRONT.
VOUS VOUS ÊTES INQUIÉTÉ À CE POINT POUR MOI ?
BIEN ÉVIDEMMENT !
QU'EST-CE QUE TU CROIS ! SI JAMAIS UN DE MES ÉLÈVES SE BLESSE EN COURS, ÇA RISQUE DE NUIRE À MA RÉPUTATION !
SI TU VEUX RECOMMENCER CE GENRE DE CHOSES, CHOISIS LE COURS D'UN AUTRE PRO-FESSEUR !
HAAAH …?

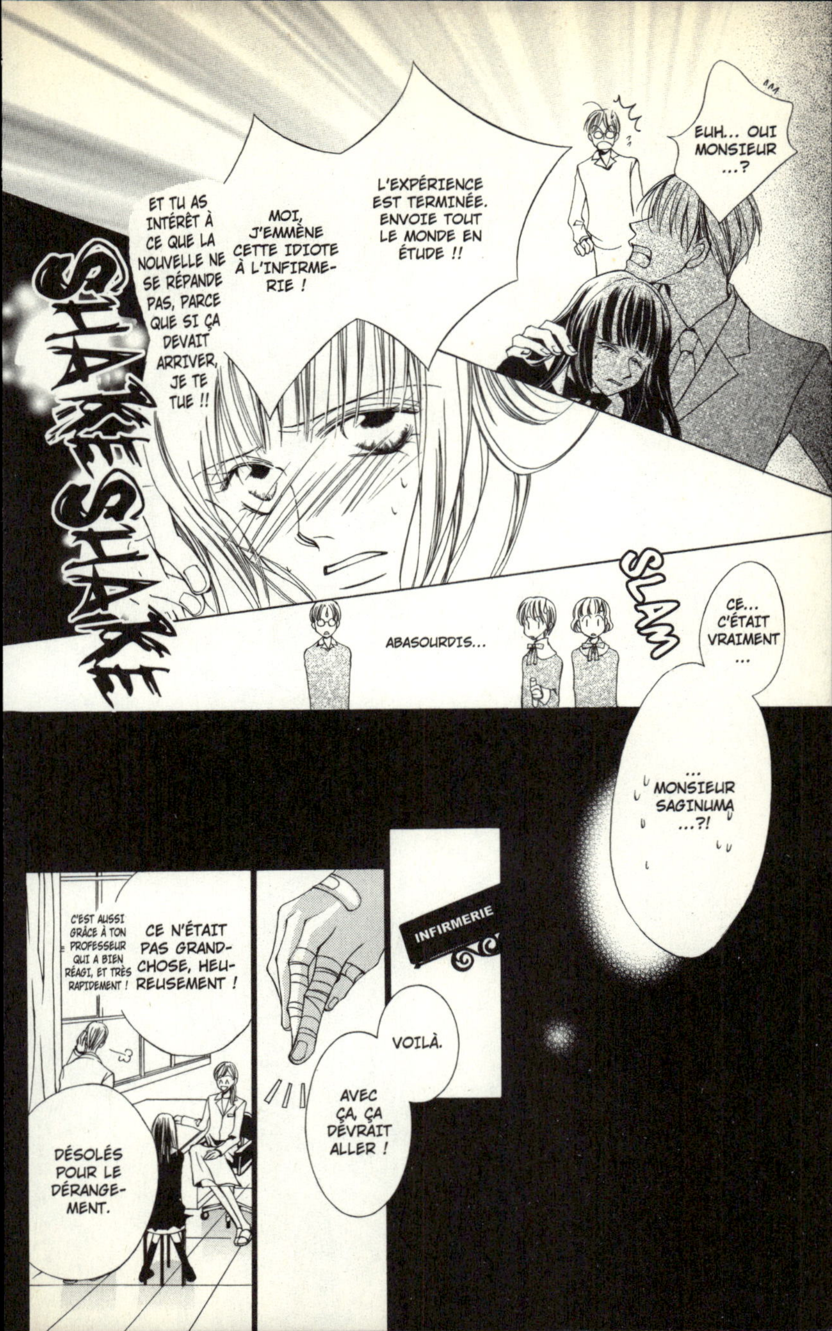
EUH... OUI MONSIEUR ...?
L'EXPÉRIENCE EST TERMINÉE. ENVOIE TOUT LE MONDE EN ÉTUDE !!
MOI, J'EMMÈNE CETTE IDIOTE À L'INFIRMERIE !
ET TU AS INTÉRÊT À CE QUE LA NOUVELLE NE SE RÉPANDE PAS, PARCE QUE SI ÇA DEVAIT ARRIVER, JE TE TUE !!
SHAKE SHAKE
SLAM
CE... C'ÉTAIT VRAIMENT ...
ABASOURDIS...
... MONSIEUR SAGINUMA ...?!
INFIRMERIE
VOILÀ.
AVEC ÇA, ÇA DEVRAIT ALLER !
CE N'ÉTAIT PAS GRAND-CHOSE, HEUREUSEMENT !
C'EST AUSSI GRÂCE À TON PROFESSEUR QUI A BIEN RÉAGI, ET TRÈS RAPIDEMENT !
DÉSOLÉS POUR LE DÉRANGEMENT.

SUMIRE !!!
KYAAH ?!
FERMEZ-LA, TOUS ET TOUTES ! ET ÉCARTEZ-VOUS D'ICI !!
IDIOTE ! TU L'AS TROP CHAUFFÉ !!
MONSIEUR SAGINUMA ...?
AÏE...
QU'EST-CE QUI T'A PRIS, PAUVRE CRÉTINE !
SUMIRE ! TOUT VA BIEN ?
KYAAAAAH
QU'EST-CE QUI SE PASSE ?
DE L'EAU ! METS TA MAIN SOUS L'EAU !
ELLE SAIGNE !!
DÉLÉGUÉ !

LA MANIPULATION QUE JE VAIS VOUS DEMANDER DE FAIRE N'EST PAS TRÈS COMPLIQUÉE.
MAIS FAITES TOUT DE MÊME BIEN ATTENTION À CE QUE VOUS FAITES !
S'IL VOUS ARRIVAIT QUOI QUE CE SOIT, CE SERAIT TERRIBLE POUR VOUS, POUR MOI, ET POUR VOS PARENTS, QUI VOUS AIMENT ! JE NE SAURAIS PAS QUOI LEUR DIRE, NI COMMENT ME FAIRE PARDONNER !
SMILE
AAAAH... MONSIEUR SAGINUMA.
QUELLE GENTILLESSE...
...
PFUH...
IL A VRAIMENT DU CULOT, DE DIRE DES CHOSES COMME ÇA...
QUEL EFFRONTÉ !
ELLE NE S'EST PAS REGARDÉE...
MAIS IL FAUT DIRE QUE LES ÉLÈVES N'Y SONT PAS POUR RIEN, NON PLUS. À SE LAISSER BERNER COMME DES IMBÉCILES...
ILS SONT VRAIMENT IDIOTS.
QUAND JE PENSE QUE...
... MOI AUSSI, À UNE ÉPOQUE, J'ÉTAIS EN ADMIRATION DEVANT SES PETITS SOURIRES...
MONSIEUR ! ÇA VA COMME ÇA ?
OUI, C'EST PARFAIT.
MONSIEUR ! VENEZ VOIR ! LA COULEUR A COMMENCÉ À CHANGER !
BLINK
QUE...

LOVE EGOIST EST LA SUITE DE ROMANTIC EGOIST, QUE VOUS AVEZ PU LIRE DANS LE TOME 2 (MÊME SI LES PERSONNAGES PRINCIPAUX NE SONT PAS LES MÊMES). AU MOMENT OÙ J'AI ÉCRIT CETTE SUITE, LE RESPONSABLE ÉDITORIAL, À LA RÉDAC, M'A FAIT REMARQUER QUE LE TITRE "ROMANTIC EGOIST" ÉTAIT PEUT-ÊTRE UN PEU TROP LONG. NOUS L'AVONS DONC CHANGÉ.

PRESQUE TOUS LES NOMS DES FILLES DE CETTE SÉRIE SONT DES NOMS DE FLEURS (BARA VEUT DIRE ROSE, NADESHIKO, ŒILLET, SUMIRE, VIOLETTE, ETC.), ET CEUX DES GARÇONS, DES NOMS D'OISEAUX (SAGI = HÉRON ETC.).
MÊME SI, À L'ÉPOQUE, J'AVAIS FAIT UN EFFORT À CE NIVEAU-LÀ, ÇA N'ENLÈVE RIEN AU CÔTÉ UN PEU LOURD DU DESSIN, NI À LA PESANTEUR DES TRAMES ET DES TEINTES... (HAHA) !

EN PASSANT, ON M'A DEMANDÉ QUAND SORTIRAIT LA SUITE DE "SENNEN NO YUKI"... EH BIEN, JE SUIS DÉSOLÉE, MAIS JE NE LE SAIS PAS, ET NE PEUX PAS VOUS APPORTER DE RÉPONSE CONCRÈTE. POUR LE MOMENT, JE CONSACRE TOUT MON TEMPS À HOST CLUB. DONC, SI, POUR PATIENTER, VOUS VOULEZ BIEN ACCEPTER DE SUIVRE CETTE DERNIÈRE SÉRIE...

VOILÀ !

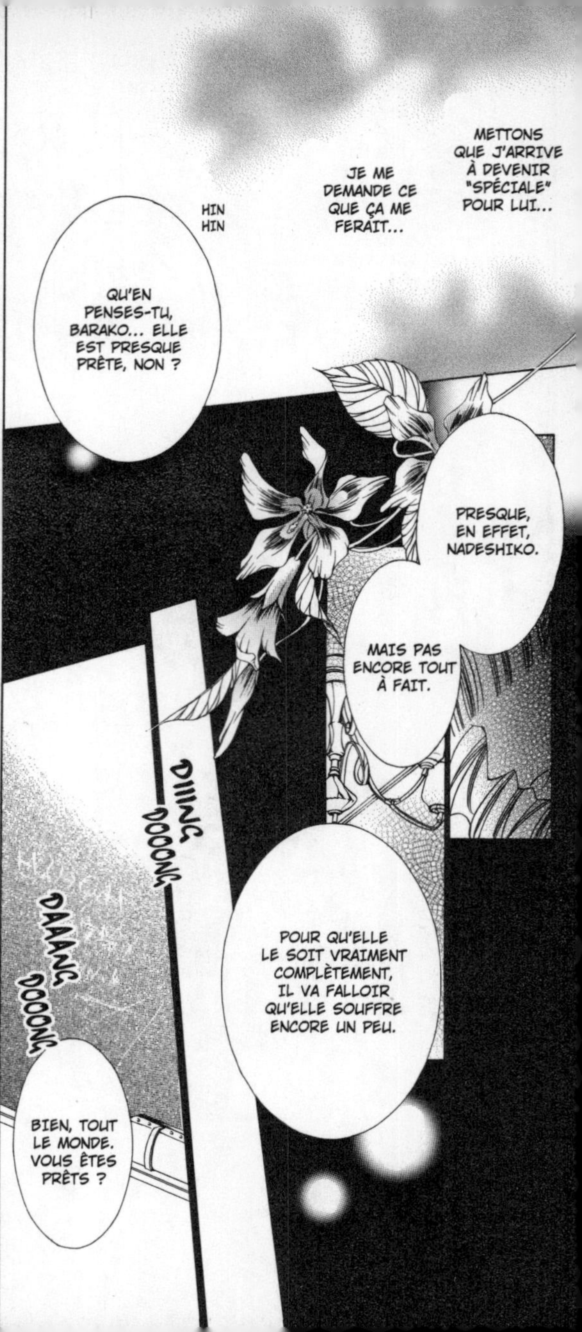

JE CROIS QU'IL EN PINCE POUR MOI !
VOUS IMAGINEZ, SI JAMAIS IL ME FAIT UNE DÉCLARATION ? QU'EST-CE QUE JE VAIS FAIRE ? ♥
HON HOON.
AH BON.
MAIS BON. CE N'EST PAS POUR AUTANT QUE J'AI ENVIE DE COMMENCER QUOI QUE CE SOIT AVEC LUI...
AU FAIT...
MONSIEUR SAGINUMA... EST-CE QUE VOUS VOYEZ QUI EST LE GARÇON QUI S'APPELLE SAEKI, DANS MA CLASSE ?
SAEKI ? AH, OUI, JE CROIS QUE JE VOIS...
LE TYPE QUI SE LA JOUE "COOL".
ET ALORS ?
SORS AVEC LUI !
...
JE ME DOUTAIS QU'IL DIRAIT ÇA.
C'EST BIEN CE QUE JE PENSAIS.
CET HOMME NE S'INTÉRESSE ABSOLUMENT PAS À AUTRUI.
HOHOO ! XX A FAIT YY...!
HUM !
COMMENT EST-CE QUE VOUS VOULEZ QUE J'ESSAIE D'APPROFONDIR QUOI QUE CE SOIT AVEC UN TYPE COMME LUI ?
ENFIN, JE M'EN FICHE, MAIS BON.
MAIS JE ME POSE UNE QUESTION.
QU'EST-CE QUE ÇA PEUT BIEN ÊTRE, POUR LUI, QUELQU'UN DE "SPÉCIAL" ?

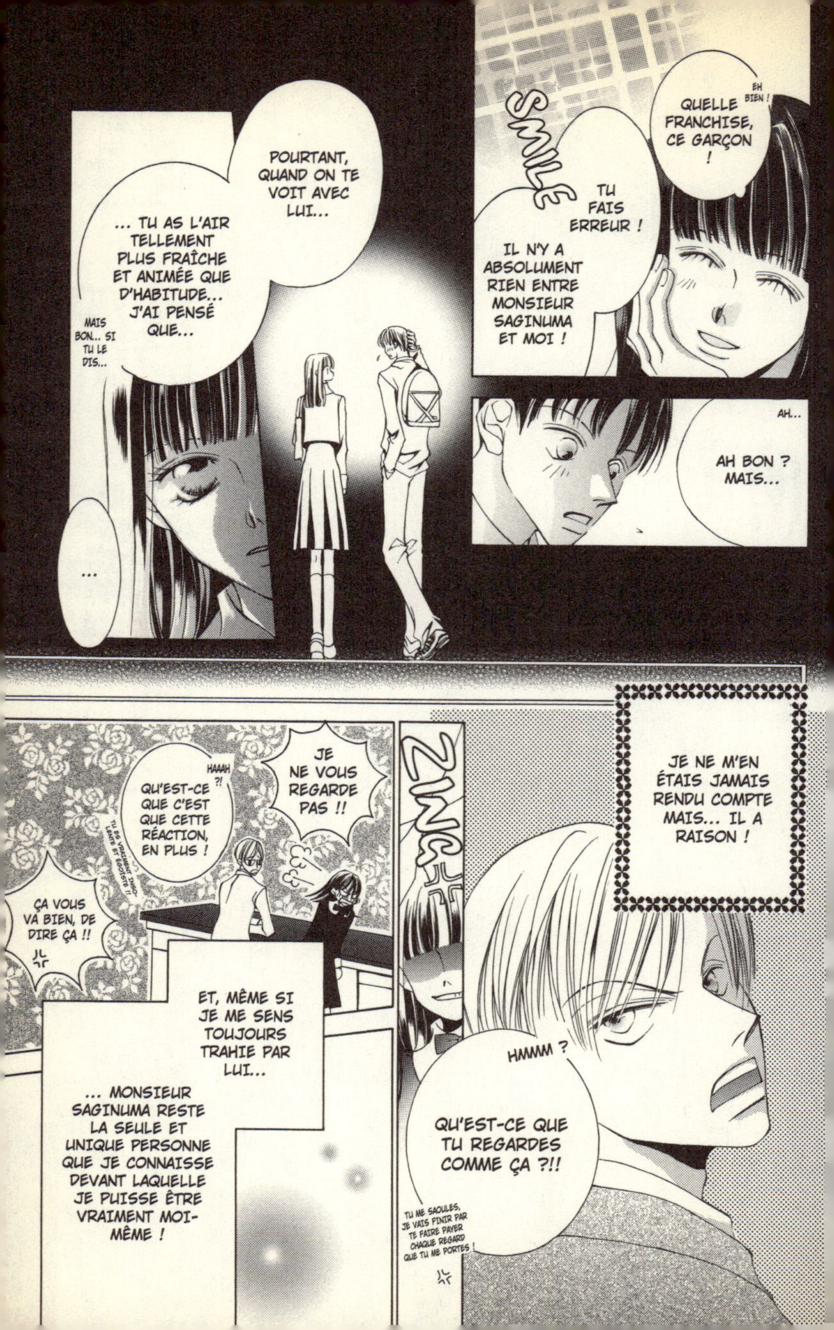

SMILE
EH BIEN !
QUELLE FRANCHISE, CE GARÇON !
TU FAIS ERREUR !
IL N'Y A ABSOLUMENT RIEN ENTRE MONSIEUR SAGINUMA ET MOI !
AH...
AH BON ? MAIS...
POURTANT, QUAND ON TE VOIT AVEC LUI...
... TU AS L'AIR TELLEMENT PLUS FRAÎCHE ET ANIMÉE QUE D'HABITUDE... J'AI PENSÉ QUE...
MAIS BON... SI TU LE DIS...
...
JE NE M'EN ÉTAIS JAMAIS RENDU COMPTE MAIS... IL A RAISON !
ZING
HMMM ?
QU'EST-CE QUE TU REGARDES COMME ÇA ?!!
TU ME SAOULES, JE VAIS FINIR PAR TE FAIRE PAYER CHAQUE REGARD QUE TU ME PORTES !
JE NE VOUS REGARDE PAS !!
HAAAH ?!
QU'EST-CE QUE C'EST QUE CETTE RÉACTION, EN PLUS !
TU ES VRAIMENT INSO-LENTE ET ÉGOÏSTE !!
ÇA VOUS VA BIEN, DE DIRE ÇA !!
ET, MÊME SI JE ME SENS TOUJOURS TRAHIE PAR LUI...
... MONSIEUR SAGINUMA RESTE LA SEULE ET UNIQUE PERSONNE QUE JE CONNAISSE DEVANT LAQUELLE JE PUISSE ÊTRE VRAIMENT MOI-MÊME !

"TU FERAIS MIEUX DE FAIRE LE CHOIX DE T'AIMER ; ÇA T'ÉPARGNERA BEAUCOUP DE SOUFFRANCES INUTILES" ...
ÇA LUI RESSEMBLE BIEN, DE DIRE ÇA !
JE ME DEMANDE D'OÙ IL TIRE TOUTE CETTE INCROYABLE CONFIANCE EN LUI...
TSK !
TOUT CE QU'IL M'A DIT... IL ME L'A ASSÉNÉ AVEC UNE TELLE ASSURANCE QUE JE N'AI RIEN EU À RÉPONDRE !
TOUT ÇA EST VRAIMENT TROP DRÔLE !!
HUH
ET LE COUP DE ME FAIRE PAYER LES CAFÉS... JE N'AVAIS JAMAIS VU NI ENTENDU ÇA !
GLOOOM
ATTENDS, LÀ... MAIS QU'EST-CE QUE JE RACONTE ? ON DIRAIT PRESQUE QUE JE SUIS EN TRAIN D'ACCEPTER SON INACCEPTABLE PERSONNALITÉ...
IL FAUT QUE JE ME CALME UN PEU...
TIENS ? SUMIRE ?
OH, SAEKI ! SALUT.
QU'EST-CE QUE TU FAIS ENCORE ICI À CETTE HEURE-CI ?
RÉTABLISSEMENT INSTANTANÉ
MOI JE REVIENS DE MON CERCLE, DONC C'EST NORMAL, MAIS TOI ?
CAMARADE DE CLASSE
EUH, J'AVAIS À FAIRE EN SALLE DE CHIMIE !
EN SALLE DE CHIMIE ?
AH, JE VOIS...
MONSIEUR SAGINUMA ...!

... LE FAIT DE SAVOIR SI C'EST "LAID ET DISGRACIEUX"...
... CE N'EST PAS À TOI DE LE DÉCIDER.
MONSIEUR SAGINUMA...?
ENFIN...
ROUL
... JE DIS JUSTE ÇA COMME ÇA, PARCE QUE CE N'EST PAS COMME SI TES HISTOIRES ME CONCERNAIENT !
SI TU AIMES TANT QUE ÇA TE POSER DES QUESTIONS STUPIDES DANS TON COIN, TU FAIS COMME TU VEUX !
HÉHÉ !
BON. JE RENTRE.
OK ! SALUT !
CLACK
CE COUP-CI, IL A BIEN FAILLI M'AVOIR ...
FIOUUUH ! C'ÉTAIT JUSTE.
MAIS EN MÊME TEMPS...
HIN HIN

CHEZ MOI, CE CARACTÈRE EST NÉ EN RÉACTION À L'IMAGE QUE LES GENS M'AT-TRIBUAIENT SANS ME CONNAÎTRE VRAIMENT.
À PARTIR DE LÀ, J'AI COM-MENCÉ À APPRÉCIER LE FAIT DE PENSER, EN SECRET, DES CHOSES MÉCHANTES À LEUR SUJET...
... MAIS MALGRÉ ÇA, IL M'ARRIVE PARFOIS DE TROUVER ÇA LAID ET DIS-GRACIEUX...
... ET DE FINIR PAR M'EN VOULOIR.
HANHANN.
AH BON.
SCRIB
SCRIB
EST-CE QU'IL M'A SEULEMENT ÉCOUTÉE...?
GRAB
BON, RENTRONS.
...
TU TE TORTURES POUR RIEN, À MON AVIS.
EN TANT QU'ÊTRE HUMAIN, IL Y A UNE CHOSE DONT TU PEUX ÊTRE SÛRE : JUSQU'À LA MORT, TU NE POURRAS JAMAIS TE SÉPARER DE TOI-MÊME.
ALORS PLUTÔT QUE DE PERDRE TON TEMPS À ESSAYER DE SAVOIR SI TU DOIS TE DÉTES-TER OU NON, TU FERAIS MIEUX DE FAIRE LE CHOIX DE T'AIMER ; ÇA T'ÉPARGNERA BEAUCOUP DE SOUFFRANCES INUTILES.
D'AUTANT PLUS QUE...

ALORS ÇA !
SI JE M'ATTENDAIS À ÇA ! FINALEMENT, IL VOUS RESTE UN PEU D'HUMANITÉ !
ÇA FERA 240 YENS.
120 YENS POUR LE TIEN, 120 YENS POUR LE MIEN. ET MERCI ENCORE.
ALLEZ, DÉPÊCHE-TOI !
SCRIB
CORRECTION DE CONTRÔLE.
SCRIB
SCRIB
C'EST VRAIMENT MÉDIOCRE...
PFFFF...
ILS N'ÉCOUTENT RIEN, EN CLASSE, OU QUOI ?!
SCRIB
SLURP
FINALEMENT, ELLE A PAYÉ LES CAFÉS...
MON-SIEUR...
... DEPUIS QUAND EST-CE QUE VOUS ÊTES COMME ÇA ?
ÇA NE VOUS ARRIVE JAMAIS, D'ÉPROUVER DU DÉGOÛT ENVERS VOUS-MÊME, ET ENVERS VOTRE CARACTÈRE ?
JAMAIS, NON.
RÉPONSE NETTE ET SÈCHE.
ET CECI, PARCE QUE JE SAIS QUE JE SUIS PARFAIT.
JE M'ATTENDAIS À CETTE RÉPONSE...
JE N'EN SAIS RIEN.
DEPUIS MA NAISSANCE, JE SUPPOSE.
MOI...
... ÇA M'ARRIVE. DE TEMPS EN TEMPS, JE M'EN VEUX, ET JE ME TROUVE IGNOBLE...

SPLASH
POURQUOI EST-CE QU'IL FAUT QUE JE M'ABAISSE À FAIRE DES CHOSES PAREILLES ?!!
J'AI L'IMPRESSION QUE C'EST LUI QUI EST EN TRAIN DE M'IMPOSER SON RYTHME...
CLUNCK CLUNCK
MES TENTATIVES D'ATTAQUES PAR L'IRONIE SONT SANS EFFET CONTRE LUI...
MUMBLE
IL Y A SUFFISAMMENT D'ABRUTIES DANS CE LYCÉE ! IL POURRAIT LES FAIRE ACCOMPLIR PAR QUELQU'UN D'AUTRE, CES TÂCHES INGRATES !
MUMBLE
IL FAUT QUE JE CHANGE DE TACTIQUE... POUR QUELQUE CHOSE DE PLUS DIRECT ?
HMPF
JE POURRAIS, PAR EXEMPLE, RÉVÉLER LE SECRET DE SA VRAIE NATURE DEVANT TOUT LE MONDE !
HMPF
MALGRÉ TOUTES SES DÉFENSES, IL AURAIT PROBABLEMENT DU MAL À S'EN REMETTRE !
AVEC UN PEU DE CHANCE, J'ARRIVERAIS PEUT-ÊTRE MÊME À LE FAIRE METTRE À LA PORTE !
MONSIEUR ! VOUS N'AVEZ PAS LE DROIT...!!
TU AS SONGÉ AU FAIT QUE, SI TU FAIS ÇA, JE N'HÉSITERAI PAS À DÉVOILER, MOI AUSSI, TA VRAIE NATURE À TOUT LE MONDE ?
RAISONNEMENT LOGIQUE
GRAOR
TU RÉGRESSES, MA PAUVRE PETITE !
J'AI PENSÉ QU'APRÈS TOUS CES EFFORTS, TU VOUDRAIS PROBABLEMENT UN CAFÉ.
TIENS.
?
HOP
MERCI...
CAFÉ
HEIN..?!
DE RIEN !
SLURP
IL EN A UN POUR LUI AUSSI.

TU AS DÉCIDÉMENT FAIT DE GROS PROGRÈS EN IRONIE FIELLEUSE !
HA-HA-HA-HA !
TAP TAP TAP
HO-HO-HO-HO !
ET VOUS, MONSIEUR, VOUS ÊTES UN BONIMENTEUR HORS PAIR !
JE NE POURRAI JAMAIS ATTEINDRE VOTRE CHEVILLE DANS CE DOMAINE, JE SUIS TROP FRANCHE !
*SALLE DE CHIMIE
OH !
REGARDEZ-LES, TOUS LES DEUX !
BLA BLA
VUS DE L'EXTÉRIEUR.
ILS SONT TOUT LE TEMPS ENSEMBLE, CES DERNIERS TEMPS !
OUI... IL FAUT DIRE QU'ILS VONT BIEN ENSEMBLE !
ON POURRAIT PRESQUE EN FAIRE UN TABLEAU !
TU CROIS QU'ILS... ENFIN, TU VOIS CE QUE JE VEUX DIRE ...?
KYAAAH !
GRR
BANDE DE PESTES, ARRÊTEZ DE VOUS FAIRE DES FILMS ...
S'IL Y A BIEN UNE CHOSE QUI N'ARRIVERA JAMAIS, C'EST ÇA !!
QUI POURRAIT VOULOIR D'UNE ORDURE COMME LUI ?!
ET DONC ?

HUHUHUHUHUHUHU !
CRACKLE CRACKLE
... JE VAIS TE FAIRE PAYER !!
ÊTRE APPRÉCIÉ DE SES ÉLÈVES À CE POINT... COMME JE L'ENVIE !
COMME C'EST CHARMANT !
ILS ONT AUTANT DE SUCCÈS AUPRÈS DES PROFESSEURS QUE DES ÉLÈVES, TOUS LES DEUX.
SUMIRE ! EST-CE QUE JE PEUX TE DEMANDER UN SERVICE ?
KYAAH ! C'EST MONSIEUR SAGINUMA !
BIEN SÛR, MONSIEUR !
ALORS EST-CE QUE TU VEUX BIEN ALLER ME PORTER ÇA JUSQU'À LA DOCUMENTATION ?
DAAN !!
ET ÇA, À LA SALLE DES PROFESSEURS !
IL SE FOUT DE MOI ?!!
ELLE EST FAIBLE, DONC ELLE NE PROTESTE PAS.
HIII !
C'EST LOURD !!
HAAA !
C'EST VRAIMENT UN BONHEUR DE POUVOIR ENSEIGNER À DES GENS AUSSI REMARQUABLES EN TOUS POINTS QUE TOI !
T'ES TROP JEUNE POUR POUVOIR ESPÉRER ME VAINCRE ! ABANDONNE LE COMBAT, PAUVRE NAZE !
PEUH !
SI TOUS LES AUTRES ÉLÈVES POUVAIENT ÊTRE COMME TOI, CE SERAIT LE PARADIS !
OH, VOYONS !
C'EST PLUTÔT MOI QUI AI DES ÉLOGES À VOUS FAIRE ! CE QUE VOUS NOUS AVEZ DIT, TOUT À L'HEURE...
... EN CLASSE ! ÇA A ÉMU TOUT LE MONDE, VRAIMENT !!
VOUS N'AVEZ PAS VOTRE PAREIL POUR EXPLIQUER LA RAISON ET LE BON SENS !
TU PARLES ! CE SONT DEUX SUJETS DONT IL NE DEVRAIT MÊME PAS AVOIR LE DROIT DE PARLER !!

... QUELLE ORDURE !!!
SALLE DES PROFESSEURS
KNOCK KNOCK
MONSIEUR SAGINUMA...
JE VOUS AI APPORTÉ LES DOCUMENTS QUE VOUS M'AVEZ DEMANDÉS.
BLA BLA
AH !
MERCI !
BON ! PUISQUE C'EST COMME ÇA, JE VAIS RENTRER DANS SON JEU.
JE SUIS DÉSOLÉ ! TE DEMANDER DE FAIRE TOUTES CES TÂCHES INGRATES, À TOI !
CE N'EST VRAIMENT PAS DE TON RANG, N'EST-CE PAS ?
OH, MAIS NON ! C'EST AVEC PLAISIR !
JE SUIS TOUJOURS HEUREUSE DE POUVOIR RENDRE SERVICE À UN HOMME TEL QUE VOUS !
SMILE
SMILE
ET EN PLUS, ELLE ME FAIT ÇA AVEC LE SOURIRE, CETTE RENARDE !
SI TU LE SAIS, ALORS POURQUOI TU ME LES FAIS FAIRE, IMBÉCILE !
POUR AVOIR OSÉ FOULER AUX PIEDS LE CŒUR DES JEUNES FILLES. COMME ÇA...
HUHU...

COMMENT LE MONDE FONCTIONNE
PAR MONSIEUR SAGINUMA.
JE JOUE LES PROFESSEURS MODÈLES.
LES ÉLÈVES M'AIMENT ET ME SOUTIENNENT.
LES PARENTS ET LE CONSEIL D'ADMINISTRATION ME REMERCIENT.
MON SALAIRE EST AUGMENTÉ.
TU VOIS ?
JE NE FAIS DE TORT À PERSONNE !
TOUT LE MONDE EST CONTENT !
À MOI...
À MOI, SI ! VOUS ME FAITES DU TORT !!
FHUM
AH TIENS ? ET À QUEL NIVEAU, EXACTEMENT ?
AH ! ATTENDS, LAISSE-MOI DEVINER...
OUI !
TU ES AMOUREUSE DE MOI, C'EST ÇA ?
MAIS OUI, C'EST BIEN ÇAAA !!
OH, ALORS JE SUIS DÉSOLÉ POUR TOI ! ÇA A DÛ TE FAIRE DU MAL, D'APPRENDRE LA VÉRITÉ !
HAHA !
JE TE FAIS TOUTES MES EXCUSES, VRAIMENT, MA PAUVRE PETITE !
LE GENRE DE PHRASE QUI ÉNERVE.
HAHA-HAHAHA !!
RUMBLE RUMBLE
QUELLE ...

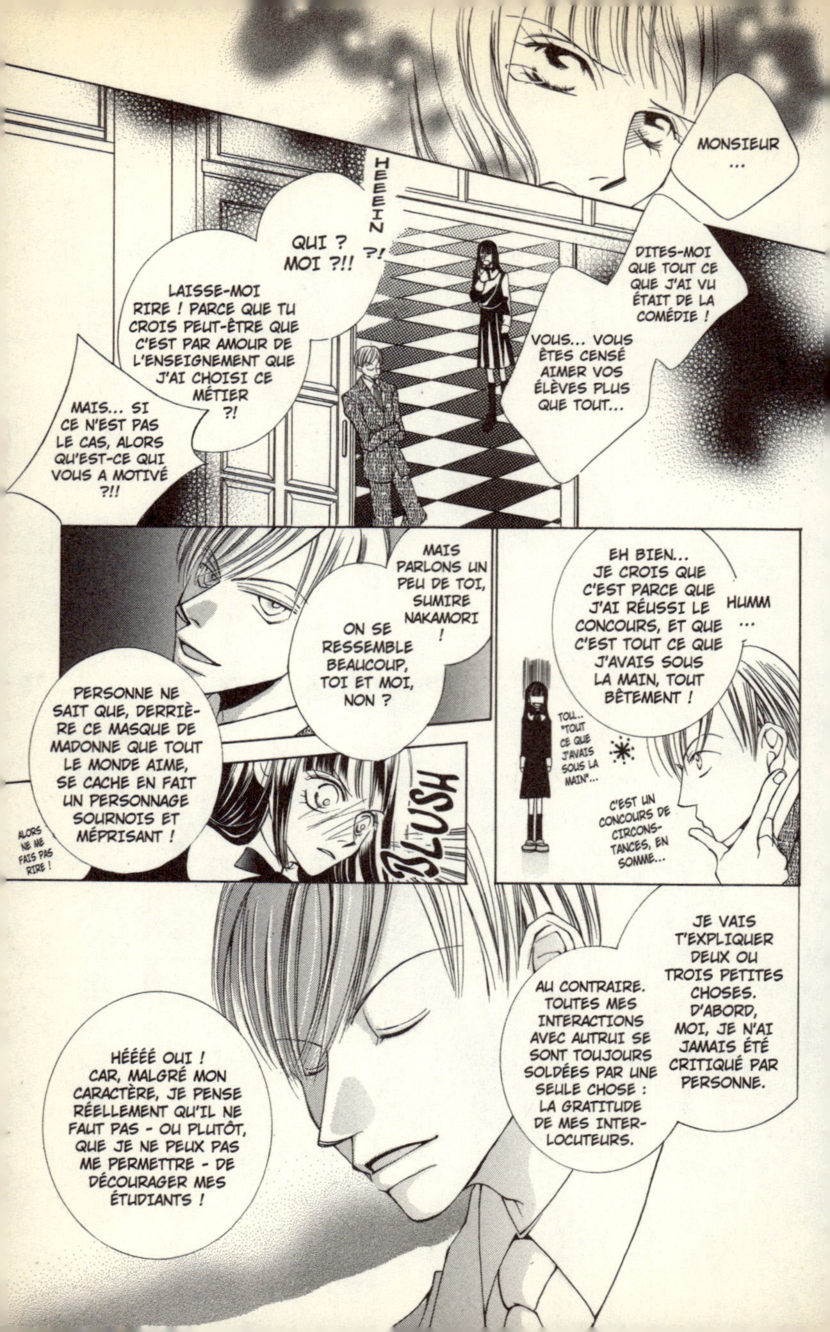
MONSIEUR ...
DITES-MOI QUE TOUT CE QUE J'AI VU ÉTAIT DE LA COMÉDIE !
VOUS... VOUS ÊTES CENSÉ AIMER VOS ÉLÈVES PLUS QUE TOUT...
HEEEIN ?!
QUI ? MOI ?!!
LAISSE-MOI RIRE ! PARCE QUE TU CROIS PEUT-ÊTRE QUE C'EST PAR AMOUR DE L'ENSEIGNEMENT QUE J'AI CHOISI CE MÉTIER ?!
MAIS... SI CE N'EST PAS LE CAS, ALORS QU'EST-CE QUI VOUS A MOTIVÉ ?!!
EH BIEN... JE CROIS QUE C'EST PARCE QUE J'AI RÉUSSI LE CONCOURS, ET QUE C'EST TOUT CE QUE J'AVAIS SOUS LA MAIN, TOUT BÊTEMENT !
HUMM ...
TOU... "TOUT CE QUE J'AVAIS SOUS LA MAIN"...
C'EST UN CONCOURS DE CIRCONSTANCES, EN SOMME...
MAIS PARLONS UN PEU DE TOI, SUMIRE NAKAMORI !
ON SE RESSEMBLE BEAUCOUP, TOI ET MOI, NON ?
SLUSH
PERSONNE NE SAIT QUE, DERRIÈRE CE MASQUE DE MADONNE QUE TOUT LE MONDE AIME, SE CACHE EN FAIT UN PERSONNAGE SOURNOIS ET MÉPRISANT !
ALORS NE ME FAIS PAS RIRE !
JE VAIS T'EXPLIQUER DEUX OU TROIS PETITES CHOSES. D'ABORD, MOI, JE N'AI JAMAIS ÉTÉ CRITIQUÉ PAR PERSONNE.
AU CONTRAIRE. TOUTES MES INTERACTIONS AVEC AUTRUI SE SONT TOUJOURS SOLDÉES PAR UNE SEULE CHOSE : LA GRATITUDE DE MES INTERLOCUTEURS.
HÉÉÉÉ OUI ! CAR, MALGRÉ MON CARACTÈRE, JE PENSE RÉELLEMENT QU'IL NE FAUT PAS - OU PLUTÔT, QUE JE NE PEUX PAS ME PERMETTRE - DE DÉCOURAGER MES ÉTUDIANTS !

NON, TU ES BEL ET BIEN ÉVEILLÉE !!
THÈME DU JOUR : ROMAN À L'ANCIENNE, AVEC TOUS SES REBONDISSEMENTS FOURBES !
FH
OM
NON ! JE REFUSE DE CROIRE CE QUE J'AI VU. MONSIEUR SAGINUMA EST UN HOMME BON ET GENTIL...
L'HOMME QUE J'AI VU... CE N'ÉTAIT CERTAINEMENT PAS LUI ! MAIS UN IMPOSTEUR JALOUX, QUI AVAIT MIS UN MASQUE POUR LUI RESSEMBLER !
OUI ! C'EST ÇA ! C'EST FORCÉMENT ÇA !!
MUMBLE
DIEU DOIT ME DÉTESTER !
POURQUOI ? QU'AI-JE DONC FAIT...
PSST
LA PAUVRE... ELLE A L'AIR TOUTE CHOQUÉE...
ON DIRAIT QUE ÇA L'A SÉRIEUSEMENT ÉBRANLÉE...
PSST
FINALEMENT, ON AURAIT PEUT-ÊTRE DÛ LA PRÉVENIR !
HÉ LÀ ! VOUS DEUX !
SLAM
N'EN PROFITEZ PAS POUR INVENTER DES RUMEURS SUR MOI !!
JE VOUS AI ENTENDUES DEPUIS MA SALLE !
NON NON ! EN FAIT, IL NE MANGE QUE DES NOUILLES LYOPHILISÉES À TOUS LES REPAS !
ET IL A DES CHAMPIGNONS AUX PIEDS !
KYAAAAAH !!
ARRÊTEEEN !!
INFORMATIONS TOTALEMENT INUTILES...

OH, MAIS JE TE RECONNAIS ! TU ES SUMIRE NAKAMORI !
ÇA FAIT UN MOMENT QUE JE T'AI REPÉRÉE ! TOI AUSSI, TU ES UNE AS DU CAMOUFLAGE, COMME MOI !
MAIS TON PETIT JEU DE DUPE NE PEUT PAS ME TROMPER !
GASP
ENFIN ! TANT MIEUX, QUE CE SOIT TOI ! ÇA VA ME FACILITER LA TÂCHE !
SI TU PARLES À QUI QUE CE SOIT DE CE QUE TU AS VU ET ENTENDU ICI...
... TU SAIS CE QUI T'ATTEND, N'EST-CE PAS ?
JE SUIS EN TRAIN DE RÊVER.
QUELQU'UN, JE VOUS EN PRIE ! DITES-MOI QUE C'EST UN CAUCHE-MAR !!

ENFIN ! IL RESTE QUE...
IL EST...
... CES ÉTUDIANTS SONT VRAIMENT FACILES À MANIPULER !
HIN HIN HIN HIN
QU...
... MÉCON-NAISSABLE !!
J'AI LA DALLE. JE VAIS ALLER MANGER UN BOUT !
DIS DONC, TOI !
QU'EST-CE QUE TU FICHES ICI ?!

QUOI ?!!
MONSIEUR ! J'AI PRÉPARÉ ÇA EN COURS DE CUISINE ! C'EST POUR VOUS !
CE SONT DES COOKIES !! ♥
POUR MOI ?
MERCI !
JE LES GOÛTERAI PLUS TARD !
SMILE
MERCI À VOUS !
MERCI ENCORE, MONSIEUR !
SHAKE
SHAKE
AH, LES VILES ! C'ÉTAIT DONC ÇA QUELLES AVAIENT EN TÊTE DEPUIS LE DÉBUT !!!
ZANG
PFFF...
PAN
POUBELLE
PEUH !
DÉCIDÉMENT...
ME FAIRE PERDRE MON TEMPS POUR ÇA...
CES PETITES IMBÉCILES !
À CAUSE D'ELLES, J'AI GASPILLÉ DIX MINUTES DE MA PAUSE DÉJEUNER !
ET TOUT ÇA POUR DES GÂTEAUX QUI SONT SÛREMENT À PEINE COMESTIBLES !
HEIN...?!

CETTE SUMIRE ! ♡
HAA
MONSIEUR SAGINUMA !!
TIENS ?
EST-CE QUE VOUS VOULEZ BIEN M'EXPLIQUER CE PROBLÈME ? JE NE LE COMPRENDS PAS BIEN !
MONTRE-MOI ?
AH ! C'EST SIMPLE…
FRUSH
CES… CES FILLES…
POUR UNE FOIS, JE LES ENVIE D'ÊTRE IDIOTES ! MOI AUSSI, SI J'ÉTAIS MOINS INTELLIGENTE, JE POURRAIS UTILISER CE GENRE DE STRATAGÈMES POUR L'APPROCHER…
ET VOILÀ !
AAAH ! C'ÉTAIT DONC ÇA !
QUE JE SUIS BÊTE !
JE LES VOIS SOUVENT TOURNER AUTOUR DE LUI !
ALLONS, ALLONS ! IL NE FAUT PAS ÊTRE SI DURE AVEC TOI-MÊME !!
JE VAIS VOUS EXPLIQUER QUELQUE CHOSE.
JE NE JUGE JAMAIS MES ÉLÈVES SUR LEURS SEULS RÉSULTATS SCOLAIRES, PARCE QUE JE PENSE…
… QUE CE N'EST PAS ÇA QUI TRADUIT LA VÉRITABLE VALEUR D'UN ÊTRE HUMAIN.
CE QUE JE PRÉFÈRE REGARDER, PAR EXEMPLE, CE SONT LES EFFORTS QU'UN ÉLÈVE FAIT LORSQU'IL EST CONFRONTÉ À UN PROBLÈME DIFFICILE !
SMILE
ET JE TROUVE QUE, DANS CE DOMAINE-LÀ, VOUS VOUS DÉBROUILLEZ TRÈS BIEN !
CET HOMME EST LA GENTILLESSE INCARNÉE…
DIRE ÇA À DES IDIOTES PAREILLES…

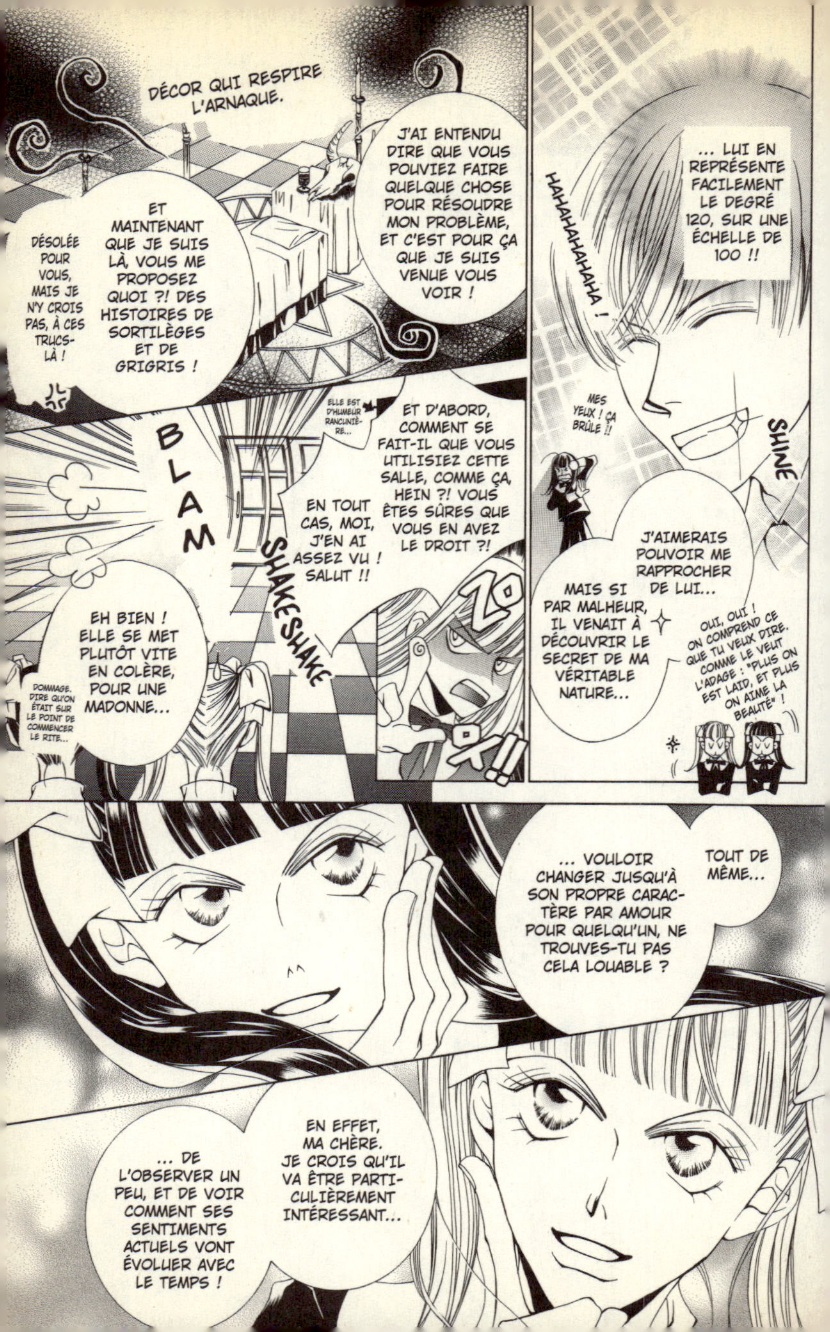

... LUI EN REPRÉSENTE FACILEMENT LE DEGRÉ 120, SUR UNE ÉCHELLE DE 100 !!
HAHAHAHAHAHA !
SHINE
MES YEUX ! ÇA BRÛLE !!
J'AIMERAIS POUVOIR ME RAPPROCHER DE LUI...
MAIS SI PAR MALHEUR, IL VENAIT À DÉCOUVRIR LE SECRET DE MA VÉRITABLE NATURE...
OUI, OUI ! ON COMPREND CE QUE TU VEUX DIRE. COMME LE VEUT L'ADAGE : "PLUS ON EST LAID, ET PLUS ON AIME LA BEAUTÉ" !
DÉCOR QUI RESPIRE L'ARNAQUE.
J'AI ENTENDU DIRE QUE VOUS POUVIEZ FAIRE QUELQUE CHOSE POUR RÉSOUDRE MON PROBLÈME, ET C'EST POUR ÇA QUE JE SUIS VENUE VOUS VOIR !
ET MAINTENANT QUE JE SUIS LÀ, VOUS ME PROPOSEZ QUOI ?! DES HISTOIRES DE SORTILÈGES ET DE GRIGRIS !
DÉSOLÉE POUR VOUS, MAIS JE N'Y CROIS PAS, À CES TRUCS-LÀ !
ET D'ABORD, COMMENT SE FAIT-IL QUE VOUS UTILISIEZ CETTE SALLE, COMME ÇA, HEIN ?! VOUS ÊTES SÛRES QUE VOUS EN AVEZ LE DROIT ?!
ELLE EST D'HUMEUR RANCUNIÈRE...
EN TOUT CAS, MOI, J'EN AI ASSEZ VU ! SALUT !!
ZO
OK ?!!
SHAKESHAKE
BLAM
EH BIEN ! ELLE SE MET PLUTÔT VITE EN COLÈRE, POUR UNE MADONNE...
DOMMAGE. DIRE QU'ON ÉTAIT SUR LE POINT DE COMMENCER LE RITE...
TOUT DE MÊME...
... VOULOIR CHANGER JUSQU'À SON PROPRE CARACTÈRE PAR AMOUR POUR QUELQU'UN, NE TROUVES-TU PAS CELA LOUABLE ?
EN EFFET, MA CHÈRE. JE CROIS QU'IL VA ÊTRE PARTICULIÈREMENT INTÉRESSANT...
... DE L'OBSERVER UN PEU, ET DE VOIR COMMENT SES SENTIMENTS ACTUELS VONT ÉVOLUER AVEC LE TEMPS !

OH, MAIS VOUS ME FLATTEZ VOYONS !
BIEN SÛR, QUE JE SUIS LA PLUS BELLE ET LA PLUS INTELLIGEN-TE...
... BANDE DE -ARVES !!!
... N'ÉTAIT PAS SIMPLEMENT UNE FAÇADE QUI LUI SERT À CACHER LE PLUS EXÉCRABLE DES CARACTÈRES...
SALLE DE STOCKAGE DES PRODUITS POUR LES COURTS DE CHIMIE
IL NE FAUT PAS ME JETER LA PIERRE NON PLUS, PARCE QUE JE VOUS SIGNALE QUE CE N'EST PAS MOI QUI AI DÉCIDÉ DE NAÎTRE AVEC CE CARACTÈRE !
METTEZ-VOUS À MA PLACE ; CHAQUE FOIS QUE JE SOURIS, JE M'ENTENDS DIRE "OH, TU ES UN ANGE", OU "OH, TU ES UNE DÉESSE"...
ELLE SE REND COMPTE DE SES TRAVERS, C'EST DÉJÀ BIEN...
C'EST ...
C'EST EXACTEMENT ÇA, MON PROBLÈME ...
JE ME SUIS ENCORE LAISSÉ ALLER...
PROFESSEUR DE CHIMIE
L'ÉLU DE MON CŒUR, LE PROFESSEUR SUGINUMA (25 ANS)...
... EST UN HOMME SIMPLE ET VRAI, QUI ENSEIGNE PAR AMOUR POUR SON MÉTIER, ET QUI AIME TOUT AUTANT SES ÉTUDIANTS...
SI JE SUIS LE DEGRÉ ZÉRO DE LA SIMPLICITÉ HONNÊTE...
... AVOUEZ QU'IL Y A QUAND MÊME DE QUOI SE MARRER, NON ?!!
BWAHAHAHAHAHAHAHA !!
LE MONDE EST REMPLI DE CRÉTINS ET DE SIMPLETS !!
HAA
QUAND ON LA CONNAÎT UN PEU, IL Y A VRAIMENT DE QUOI FUIR À TOUTES JAMBES...

QUAND EST-CE QUE VOUS ALLEZ ENFIN COMMENCER VOTRE TRUC ?!
JE COMMENCE À M'IMPATIENTER, MOI, À ATTENDRE EN PRENANT LA POSE !!
HSSSS
AH, LÀ, LÀ ! QUE DE VULGARITÉ !
KYAAAH ! OUI ! C'EST MIGNON, N'EST-CE PAS ?
SUMIRE NAKAMORI, 17 ANS.
C'EST LA MEILLEURE ÉLÈVE DE L'ÉCOLE. ET AUSSI LA PLUS BELLE.
ON LA RECONNAÎT SANS PEINE, À SES LONGS CHEVEUX NOIRS, FLUIDES COMME L'EAU...
REGARDE, C'EST SUMIRE !
QUELLE EST BELLE !
... QUI CONTRASTENT AVEC LA BLANCHEUR DE LIS DE SA PEAU PRESQUE TRANSLUCIDE.
SUMIRE ! EST-CE QUE TU VEUX BIEN M'AIDER À COMPRENDRE CE PROBLÈME ?
BIEN SÛR !
SON SOURIRE A LA PURETÉ DE CELUI DES ANGES.
SMILE
QUELLE FILLE FANTASTIQUE, CETTE SUMIRE !
NON SEULEMENT ELLE EST BELLE, MAIS EN PLUS, ELLE EST GENTILLE ET INTELLIGENTE !
COMME JE L'ENVIE !
ELLE EST COMPLÈTEMENT HORS DE NOTRE PORTÉE !
EN UN MOT, ELLE EST PARFAITE. OU PLUTÔT ELLE *POURRAIT* L'ÊTRE, SI SEULEMENT SA GENTILLESSE...

AAAH... QUELLE ÉMOUVANTE BEAUTÉ !
CETTE FILLE EST DÉCIDÉMENT BIEN LA MADONNE DU LYCÉE FLEURS DE CERISIERS !!
MÊME DANS SON SOMMEIL, ELLE DÉGAGE UN CHARME PROPREMENT ENVOÛTANT ! N'EST-CE PAS, BARAKO ?
OUI, TU AS PARFAITEMENT RAISON, NADESHIKO !
ELLE EST SI CHARMANTE QU'ON AIMERAIT LA VOIR RESTER AINSI POUR TOUJOURS, BOUCHE CLOSE... ♡
DITES, VOUS DEUX...

LOVE EGOIST
LOVEEGOIST

SALLE DE RÉCEPTION - POUR LES INVITÉS PAR FAX. NUMÉRO 3

SPECIAL THANKS TO AKANE OGURA !!

C'EST UNE AMIE ET COLLÈGUE DESSINATRICE DE LALA. À L'ORIGINE, JE NE LA VOYAIS QUE QUAND ON ALLAIT S'AMUSER ET BOIRE ENSEMBLE, LE SOIR, MAIS CES DERNIERS TEMPS, ELLE ME DONNE RÉGULIÈREMENT DES COUPS DE MAIN SUR MES MANUSCRITS.

C'EST (COMME MES AUTRES INVITÉES) UNE EXCELLENTE MANGAKA. VOUS LE COMPRENDREZ CERTAINEMENT EN REGARDANT LES DESSINS DE TAMAKI ET DE HARUHI QU'ELLE M'A FAITS CI-DESSOUS... ILS SONT VRAIMENT SUPERBES (J'EN PLEURE D'ÉMOTION) !

DE LA PART DE AKANE.

JE SUIS MÉCHANTE...

C'EST AKANE. ELLE EST VRAIMENT BELLE !

EN PRATIQUE, C'EST MOI QUI SUIS PLUS ÂGÉE QU'ELLE (D'UN AN)...

HOST CLUB, LE LYCÉE DE LA SÉDUCTION - VOLUME 4 - FIN

AAH ! TAMA ! HARUHI ! JE VOUS AI TROUVÉS !
BARON ! QU'EST-CE QUE TU FAIS SEUL AVEC HARUHI, DANS CET ENDROIT ÉTROIT ?!
A... ARRÊTEZ CES INSINUATIONS IDIOTES !!
C'EST LOUCHE !!
TIENS ? OÙ SONT PASSÉS LES GARÇONS DU CERCLE DE JOURNALISME ?
AH, EUH ? ILS ONT DÛ NOUS QUITTER EN URGENCE, ET INTERROMPRE LE REPORTAGE !
QUOI ?!!
MAIS RASSURE-TOI ! ILS NOUS ONT DIT QU'À PARTIR DE MAINTENANT ILS N'ÉCRIRAIENT QUE DES ARTICLES FONDÉS ET SÉRIEUX !
ÇA DEVRAIT SUFFIRE À LES RELANCER, ET À ÉVITER QUE LEUR CERCLE NE SOIT ARRÊTÉ !
?
A... AH BON...
SI C'EST COMME ÇA, ALORS ÇA VA...
ON RENTRE À LA SALLE DU CERCLE ET ON VA MANGER DES GÂTEAUX ?
BONNE IDÉE ! MANGEONS DES GÂTEAUX !
AH, OUI, J'ALLAIS OUBLIER !
DIS, KYOYA ! LA FAMILLE SUO, ELLE EST SI PUISSANTE QUE ÇA ?
HUM, EH BIEN... OUI. D'ABORD, LA FAMILLE DIRECTE DE TAMAKI N'EN EST QU'UNE AU SEIN D'UN CLAN DE SEPT.
À L'ORIGINE, ILS ÉTAIENT À LA TÊTE DE GRANDS GROUPES FINANCIERS À PARTIR DESQUELS ILS ONT DIVERSIFIÉ LEUR ACTIVITÉ, POUR TOUCHER UN PEU À TOUT.
TU AS DÉJÀ DÛ ENTENDRE QUELQUES-UNS DES NOMS D'ÉTABLISSEMENTS QU'ILS GÈRENT, NON ? LE "ROWA GRAND HÔTEL", LE THÉÂTRE "OTO" ETC. ÇA NE TE DIT RIEN ?
AH ! SI !
ON EN ENTEND SOUVENT PARLER À LA TÉLÉ...

QU'EST-CE QUE VOUS DIRIEZ DE MONTER UN CERCLE AVEC MOI ?
ALORS SI VOUS ESSAYEZ DE LUI FAIRE DU MAL, ON NE VOUS LE PARDONNERA PAS !
ENFIN
ON L'AIME BIEN, MÊME SI ÇA RESTE UNE ANDOUILLE, QUAND MÊME !
EN PASSANT, VOUS SAVEZ PEUT-ÊTRE QUE, DANS MA FAMILLE, LES RÉSEAUX D'INFORMATION SONT UNE CHOSE QUE L'ON AIME À ENTRETENIR ET À DÉVELOPPER AVEC PARTICULIÈREMENT DE SOIN...
ALORS...
QUI SAIT CE QUE JE POURRAIS FAIRE AVEC CE DISQUE, SUR LEQUEL ONT ÉTÉ SOIGNEUSEMENT ENREGISTRÉES TOUTES LES CONVERSATIONS QUE VOUS AVEZ EUES CES DERNIERS JOURS, ET DANS LESQUELLES VOUS EXPLIQUEZ TRÈS CLAIREMENT VOTRE PLAN ?

ENFIN ...
... QUAND TU DIS "ON"...
... IL N'Y AVAIT GUÈRE QUE LE BARON POUR ARRIVER À NE SE RENDRE COMPTE DE RIEN !
IL A TOUJOURS UN PEU DE MAL À COMPRENDRE CE GENRE DE CHOSES, SURTOUT QUAND ELLES LE TOUCHENT PERSONNEL-LEMENT...
VOUS...
ON TENAIT À VOUS PRÉVENIR : SI VOUS ESSAYEZ NE SERAIT-CE QUE DE LEVER LE PETIT DOIGT SUR VOS CLA-VIERS POUR FAIRE DU MAL AU BARON, VOUS NE VOUS EN SORTIREZ PAS INDEMNES !
EST-CE QUE VOUS AVEZ SEULEMENT RÉFLÉCHI AUX CONSÉQUENCES QUE ÇA POURRAIT AVOIR, DE VOUS METTRE À DOS L'ENSEMBLE DES FAMILLES DES MEMBRES DE NOTRE CERCLE ?
LÀ ! VOUS VOYEZ CE QUE JE DISAIS ! ILS ESSAIENT DE PROFITER DE L'AUTORITÉ DE LEURS FAMILLES !!
AVOUEZ ! C'EST SUO QUI VOUS A ORDONNÉ DE VENIR ME MENACER COMME ÇA, HEIN ?!
PAS DU TOUUUT ! TAMA, IL NE FERAIT JAMAIS UNE CHOSE PAREILLE !
C'EST JUSTE QUE TAMA, C'EST NOTRE AMI, ET ON L'AIME BEAUCOUP !

JE PEUX BIEN FAIRE ÇA POUR LUI !
BLUSH
GENRE, UNE FOIS DE TEMPS EN TEMPS. RAREMENT.
QU'ELLE...
QU'ELLE EST MIGNONNE !
VENEZ AVEC MOI !!
TUMP
JE N'EN PEUX PLUS, DE SA PETITE COMÉDIE !! ON RENTRE À LA RÉDACTION ! ON A SUFFISAMMENT D'ÉLÉMENTS POUR ÉCRIRE UN ARTICLE SUR LUI !!
MAIS... PRÉSIDENT ! TU NE CROIS PAS QUE C'EST UN PEU RISQUÉ DE PUBLIER DES RUMEURS SUR TAMAKI SUO COMME ÇA, SANS PREUVES POUR APPUYER CE QU'ON AVANCE ?
TUMP
OUI ! CAR, MÊME SI ON N'A PAS DE PREUVES POUR L'INSTANT, EN ÉCRIVANT NOTRE ARTICLE HABILEMENT, ON DEVRAIT L'INCITER À SE DÉVOILER SOUS SON VRAI JOUR !!
TUMP
PFFF ! ON A VRAIMENT PERDU NOTRE TEMPS, À MONTER NOTRE PETITE COMÉDIE SUR LA BALLE QUI M'AURAIT BLESSÉ À LA TÊTE ! ENFIN TANT PIS !
TUMP
QUOI QU'IL EN SOIT, NOUS ALLONS LE FAIRE TOMBER ! ET CE, DÈS DEMAIN, AVEC UNE PREMIÈRE PAGE CHOC !!
CLACK
HOHOOO !
C'ÉTAIT DONC BIEN CE QU'ON PENSAIT !

REGARD VAGUE...
JE RESTAIS CONSTAMMENT À SON CHEVET. POUR ESSAYER DE LUI FAIRE OUBLIER SES MAUX, JE LUI JOUAIS DU PIANO, OU JE LUI CHANTAIS DES CHANSONS.
KOF
TA... TAMAKI... VA JOUER DEHORS ...!
NAN !! JE RESTE AVEC TOI !
YANAHA
ET GRÂCE À ÇA, MAINTENANT, ELLE EST DEVENUE BEAUCOUP PLUS FORTE !
O...
OOH...
EN MÊME TEMPS, LA PAUVRE, ÇA NE DEVAIT PAS LUI LAISSER BEAUCOUP DE TEMPS POUR SE REPOSER...
C'EST POUR ÇA QUE... À POUVOIR JOUER, COMME AUJOURD'HUI, AVEC VOUS TOUS, JE M'AMUSE BEAUCOUP !
VRAIMENT !!
J'ESPÈRE QU'ON POURRA RECOMMENCER !
BIEN SÛR, QU'ON POURRA !

JE N'AURAIS JAMAIS IMAGINÉ ...
... ME RETROUVER UN JOUR À JOUER À CES JEUX AU LYCÉE...
HAAAAH ! ÇA FAISAIT LONGTEMPS QUE JE N'AVAIS PAS COURU COMME ÇA !
GNÉ ?
TU VEUX DIRE QUE... TU NE T'AMUSES PAS, C'EST ÇA ?
HEIN ?!
EH BIEN... CE N'EST PAS ÇA, MAIS... DISONS QUE CES JEUX, JE LES AI BEAUCOUP PRATIQUÉS QUAND J'ÉTAIS ENFANT, AVEC MES CAMARADES DE CLASSE, ALORS...
OH... BIEN SÛR...
JE VOIS...
MOI, JE N'AVAIS POUR AINSI DIRE AUCUN AMI DU MÊME ÂGE QUE MOI, QUAND J'ÉTAIS ENFANT...
MA MÈRE TOMBAIT TRÈS SOUVENT MALADE.
JE M'INQUIÉTAIS POUR ELLE. TELLEMENT, QUE JE N'OSAIS PRESQUE PAS SORTIR DE CHEZ MOI.

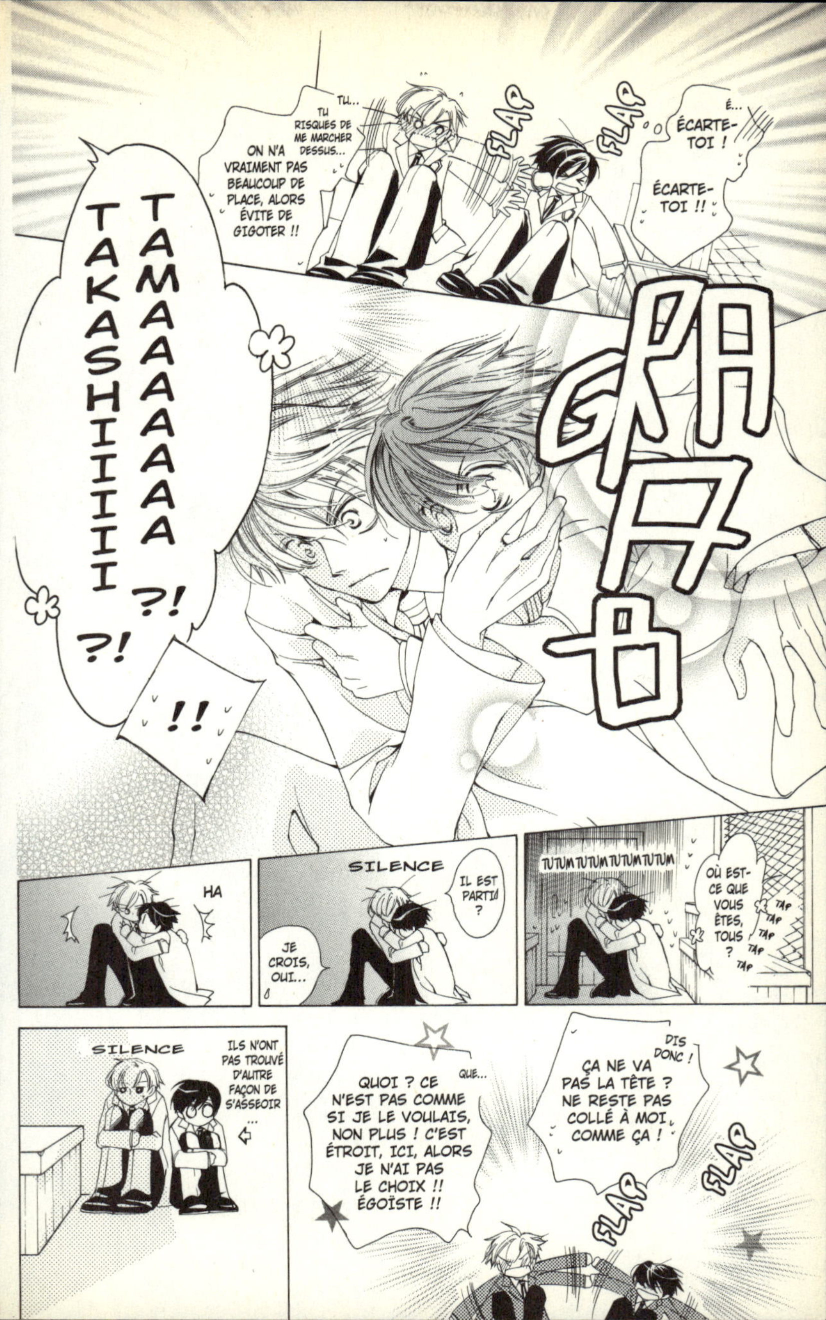
É... ÉCARTE-TOI !
ÉCARTE-TOI !!
FLAP
FLAP
TU... TU RISQUES DE ME MARCHER DESSUS...
ON N'A VRAIMENT PAS BEAUCOUP DE PLACE, ALORS ÉVITE DE GIGOTER !!
TAMAAAAAAAA ?!
TAKASHIIIII ?!
!!
TUTUM TUTUM TUTUM TUTUM
OÙ EST-CE QUE VOUS ÊTES, TOUS ?
TAP TAP TAP TAP TAP
SILENCE
IL EST PARTI ?
JE CROIS, OUI...
HA
DIS DONC !
ÇA NE VA PAS LA TÊTE ? NE RESTE PAS COLLÉ À MOI COMME ÇA !
FLAP
FLAP
QUE...
QUOI ? CE N'EST PAS COMME SI JE LE VOULAIS, NON PLUS ! C'EST ÉTROIT, ICI, ALORS JE N'AI PAS LE CHOIX !! ÉGOÏSTE !!
SILENCE
ILS N'ONT PAS TROUVÉ D'AUTRE FAÇON DE S'ASSEOIR ...

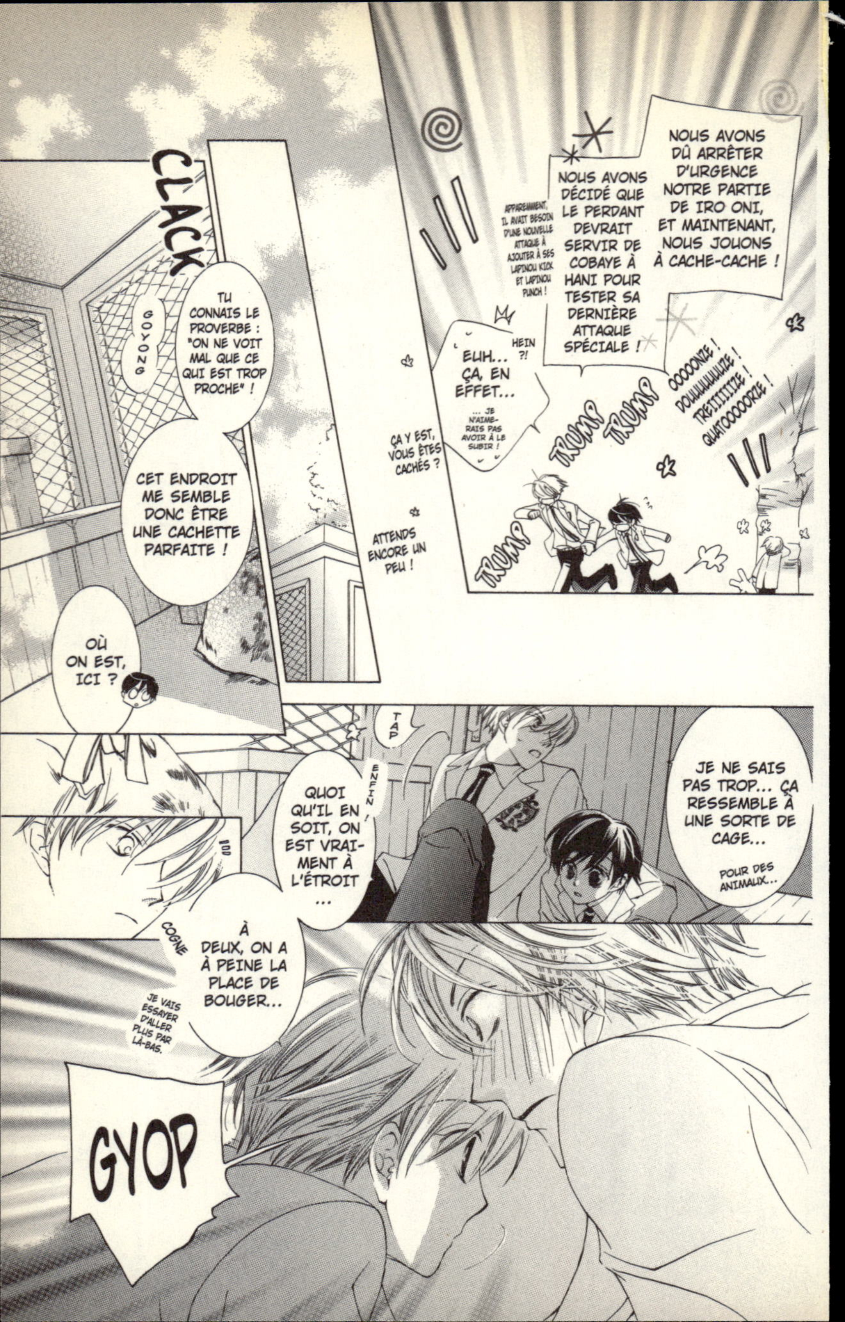
NOUS AVONS DÛ ARRÊTER D'URGENCE NOTRE PARTIE DE IRO ONI, ET MAINTENANT, NOUS JOUONS À CACHE-CACHE !
NOUS AVONS DÉCIDÉ QUE LE PERDANT DEVRAIT SERVIR DE COBAYE À HANI POUR TESTER SA DERNIÈRE ATTAQUE SPÉCIALE !
APPAREMMENT, IL AVAIT BESOIN D'UNE NOUVELLE ATTAQUE À AJOUTER À SES LAPINOU KICK ET LAPINOU PUNCH !
OOOOONIZE ! DOUUUUUUUZE ! TREIIIIIIIZE ! QUATOOOOORZE !
TRUMP TRUMP TRUMP
TRUMP
HEIN ?!
EUH... ÇA, EN EFFET...
... JE N'AIMERAIS PAS AVOIR À LE SUBIR !
ÇA Y EST, VOUS ÊTES CACHÉS ?
ATTENDS ENCORE UN PEU !
CLACK
GOYONG
TU CONNAIS LE PROVERBE : "ON NE VOIT MAL QUE CE QUI EST TROP PROCHE" !
CET ENDROIT ME SEMBLE DONC ÊTRE UNE CACHETTE PARFAITE !
OÙ ON EST, ICI ?
JE NE SAIS PAS TROP... ÇA RESSEMBLE À UNE SORTE DE CAGE...
POUR DES ANIMAUX...
TAP
ENFIN !
QUOI QU'IL EN SOIT, ON EST VRAIMENT À L'ÉTROIT ...
COGNE
À DEUX, ON A À PEINE LA PLACE DE BOUGER...
JE VAIS ESSAYER D'ALLER PLUS PAR LÀ-BAS.
GYOP

*IRO ONI EST UNE VARIANTE DU JEU DU LOUP, DANS LEQUEL CE DERNIER DOIT DÉFINIR UNE "COULEUR PROTECTRICE" AVANT DE COMMENCER À COURIR APRÈS LES PARTICIPANTS. SI CES DERNIERS ARRIVENT À TOUCHER UN OBJET (LEURS VÊTEMENTS MIS À PART) DE LA COULEUR INDIQUÉE PAR LE LOUP AVANT QU'IL NE LES ATTRAPE, ILS SONT PROTÉGÉS.

*ILS JOUENT À UNE VARIANTE DU JEU DANS LAQUELLE CEUX QUI ONT ÉTÉ VUS PAR LE LOUP DOIVENT VENIR LUI TENIR LE PETIT DOIGT. LORSQUE DES JOUEURS ARRIVENT À LEUR NIVEAU, ILS PEUVENT "LIBÉRER" LEUR CAMARADE EN "COUPANT", C'EST-À-DIRE EN SÉPARANT LE JOUEUR ATTRAPÉ DU LOUP.

L'AFFABILITÉ !!!
C'EST ÇA QUI VOUS FAIT DÉFAUT ! SI VOUS VOULEZ BALAYER L'IMAGE NÉGATIVE QUI VOUS ACCABLE ET RETROUVER UN LECTORAT CONSÉQUENT, VOUS DEVEZ ESSAYER DE TOUCHER LE CŒUR DE VOS LECTEURS, PAR LE BIAIS D'ARTICLES QUI LEUR DONNENT L'IMPRESSION QUE VOUS ÊTES DES ÊTRES HUMAINS SENSIBLES, ABORDABLES, ET AIMABLES !!
MONTREZ QUE VOUS ÊTES CAPABLES DE VOUS ÉMOUVOIR ! POUR CELA, UN ARTICLE TEL QUE...
*VENEZ VOUS AMUSER AVEC LE CERCLE D'HÔTES ! **LES JEUX POPULAIRES
***EMPORTÉS PAR LA VAGUE DU PRINTEMPS
... "LES BEAUX ET JEUNES GARÇONS DU CERCLE D'HÔTES S'AMUSENT GRÂCE À DES JEUX POPULAIRES !" SERAIT ABSOLUMENT PARFAIT !!
RÉSULTAT FINAL IMAGINÉ PAR TAMAKI.
ホスト部
庶民遊戯を楽しむ
春めかしさに誘われてーー!
庶民菓子100
LES MEMBRES DU CERCLE D'HÔTES, PROFITENT DU BEAU TEMPS POUR S'AMUSER À DES JEUX POPULAIRES
"MERCI, TAMAKI !" CE SONT LES MOTS QU'A CHOISIS LE JEUNE BOURSIER DU LYCÉE, HARUHI FUJIOKA (À DROITE, SECONDE A) POUR EXPRIMER SA GRATITUDE ENVERS SON AÎNÉ (TAMAKI SUO, À DROITE, "ZE KING" DU CERCLE D'HÔTES, PREMIÈRE A), GRÂCE AUQUEL IL A PU, LE TEMPS D'UN APRÈS-MIDI, RETROUVER UN PEU DE SES SENSATIONS D'ENFANT.
LE 24 MAI DERNIER, LE CERCLE DE JOURNALISME A ÉTÉ INVITÉ À SUIVRE LE CERCLE D'HÔTES PENDANT TOUTE UNE JOURNÉE, AU COURS DE LAQUELLE CE DERNIER A ORGANISÉ UNE SORTE DE "FESTIVAL INTERNE" DÉDIÉ AUX JEUX POPULAIRES. "CACHE-CACHE", "UN, DEUX, TROIS, SOLEIL", "LE LOUP"... TOUS CES NOMS VOUS SONT PEUT-ÊTRE INCONNUS. POURTANT
EN NOUS MONTRANT CÉLÉBRANT LE PRINTEMPS COMME DES GENS SIMPLES, GALVANISÉS PAR LUI, EN EXTÉRIEUR COMME EN INTÉRIEUR, VOUS TENEZ UN ARTICLE DE PREMIÈRE PAGE AUQUEL PERSONNE NE POURRA RÉSISTER !!
UN ARTICLE AVEC LEQUEL VOUS POURRIEZ MÊME APPORTER DU BONHEUR À LA COUCHE POPULAIRE DE L'ÉTABLISSEMENT, AVEC UN PEU DE CHANCE !
BLINK
HA !
BLINK
IL REGARDE PAR ICI... IL FAUT QUE JE PRENNE UN AIR HEUREUX, C'EST ÇA ?
LA "COUCHE POPULAIRE DE L'ÉTABLISSEMENT"... IL PARLAIT DE MOI, JE SUPPOSE...
PRÉSIDENT... IL RACONTE COMPLÈTEMENT N'IMPORTE QUOI !!
JE ME DEMANDE SI... CE N'EST PAS RÉELLEMENT UN SIMPLE IMBÉCILE ...!!
TA...
TAIS-TOI !!

UNNNN DEUUUX TROIS...
TRIP TRIP TRIP TRIP
SOLEIL !!
WHAP
FREEZE
POURQUOI EST-CE QU'ILS PRENNENT SYSTÉMATIQUEMENT DES POSITIONS DIFFICILES À TENIR ?
HUM... PRÉSIDENT, QU'EST-CE QUE TU CROIS QU'ILS SONT EN TRAIN DE FAIRE ?
TU CROIS QU'IL S'AGIT D'UNE SORTE DE RITE ? C'EST UNE SECTE, OU QUELQUE CHOSE COMME ÇA ?
WAAH
HIKARU ! KAORU ! JE VOUS AI VUS ! VOUS AVEZ BOUGÉ !!
HEEEEIN ? PAS DU TOUT !!
QUANT À TOI, KYOYA ! TU POURRAIS AU MOINS FAIRE L'EFFORT D'AVANCER D'UN PAS !!
WAAH
QUE... QU'EST-CE QUE TU VEUX QUE JE TE DISE ?! JE N'EN SAIS RIEN !!
HUHUHUHU ! JE COMPRENDS VOTRE STUPEUR !!
IL S'AGIT D'UN JEU QUE PRATIQUENT LES GENS DU PEUPLE !
IL EN EXISTE BEAUCOUP D'AUTRES, DANS LESQUELS, COMME ICI, IL N'Y A PAS BESOIN DE PARIER DE L'ARGENT ! AUSSI INCROYABLE QUE ÇA PUISSE PARAÎTRE, LE SEUL CORPS Y SUFFIT POUR S'AMUSER !!
HUM... MERCI, MAIS... JE NE SUIS PAS SÛR QUE ÇA PUISSE FAIRE L'OBJET D'UN ARTICLE...

UUUUN DEUUUX TROIIIS ...
TRIP TRIP TRIP TRIP
SOLEIL !!!
FREEZE

VÉRITABLE RAPT CÉRÉBRAL ET ÉMOTIONNEL DE TOUTES LES FILLES DE L'ÉCOLE ; RÉARRANGEMENTS EXTRAVAGANTS DE LA COUR INTÉRIEURE À SON GOÛT...
... L'OBJECTIF QUE CE SUO CACHE DERRIÈRE TOUTE CES MANIFESTATIONS D'ARROGANCE ME SEMBLE CLAIR : IL CHERCHE À DÉMONTRER À TOUT LE RESTE DES ÉTUDIANTS SA PUISSANCE ET SON AUTORITÉ !!
J'IRAI MÊME PLUS LOIN, EN AFFIRMANT QUE C'EST LE DÉSIR DE RÉALISER CE MÊME OBJECTIF QUI A FAIT GERMER EN LUI L'IDÉE MACHIAVÉLIQUE DE CRÉER CE CERCLE !!
ET MALGRÉ CELA, ON N'ENTEND JAMAIS PERSONNE PROTESTER CONTRE LUI...
NOUS NE VOUS DIRONS RIEN SUR LE CERCLE D'HÔTES ! TOUT EST SE-CRET !!
TAMAKI SUO ? HUM... EH BIEN, COMMENT DIRE... C'EST TAMAKI, QUOI !
HAHAHAHA !
LES FILLES REFUSENT DE DIRE QUOI QUE CE SOIT À SON SUJET OU À CELUI DE SON CERCLE, ET LES GARÇONS QUI LE CONNAISSENT ÉLUDENT SYSTÉMATIQUEMENT TOUTES LES QUESTIONS QU'ON LEUR POSE...
OUI ! VOUS L'AVEZ VU COMME MOI, TOUT À L'HEURE ...
... DEVANT TOUT LE MONDE, IL JOUE UN RÔLE DE GARÇON UN PEU BENÊT ET TRÈS SERVIABLE...
... MAIS EN RÉALITÉ, JE SUIS CERTAIN QUE CE N'EST QU'UNE FAÇADE !
IL EST COMPLÈTEMENT À CÔTÉ DE LA PLAQUE...
IL EST CLAIR QU'IL CACHE QUELQUE CHOSE !!!
TAMAKI DANS SON IMAGINATION.
ET NOUS ALLONS DÉCOUVRIR QUOI ! ÇA NOUS FERA UN SCOOP INCROYABLE, GRÂCE AUQUEL NOUS POURRONS MONTRER AU RESTE DU LYCÉE COMBIEN LE CERCLE DE JOURNALISME PEUT ÊTRE EFFICACE ET COMPÉTENT !!!
OUI, CHEF !!

MESSIEURS ...
HIN HIN !
... NOUS AVONS ENFIN RÉUSSI À PRENDRE PIED DANS LE CAMP DE L'ENNEMI !
LE CERCLE D'HÔTES.
UN GROUPE FORMÉ EXCLUSIVEMENT DE JEUNES HOMMES (À UNE EXCEPTION PRÈS) BEAUX, BRILLANTS ET SURTOUT EXTRÊMEMENT RICHES : QUI ONT POUR TERRAIN DE JEU LE PRESTIGIEUX LYCÉE CERISIERS ET ORCHIDÉES, DONT L'UNE DES CARACTÉRISTIQUES EST DE PROPOSER LA PLUS GRANDE CONCENTRATION DE JEUNES FILLES DE BONNE FAMILLE DU PAYS.
FORMÉ À PARTIR DE RIEN PAR TAMAKI SUO, LE JEUNE HOMME QUI EN ASSURE ACTUELLEMENT LA PRÉSIDENCE, CE CERCLE A, EN UN TEMPS RECORD, RÉUSSI LE PARI FOU D'ATTIRER À LUI...
... LES REGARDS DE LA QUASI-TOTALITÉ DE LA POPULATION FÉMININE DU LYCÉE.
L'EXCEPTION EN QUESTION
N'APPARTENANT NI À LA CATÉGORIE DES CERCLES SPORTIFS, NI À CELLE DES CERCLES CULTURELS ; ET NE BÉNÉFICIANT MÊME PAS DU SOUTIEN D'UN CONSEILLER NOMMÉ PAR L'ÉTABLISSEMENT, CET ORGANISME HORS-NORME A FAIT L'EFFET D'UN VÉRITABLE SÉISME AU SEIN DE L'ENSEMBLE DE LA POPULATION ESTUDIANTINE.
CONSEIL GÉNÉRAL DES CERCLES
ASSOCIATION DES CERCLES CULTURELS
ASSOCIATION DES CERCLES SPORTIFS
CERCLE D'HÔTES
ORGANISATION DES CERCLES AU LYCÉE CERISIERS ET ORCHIDÉES.

BON. TAMAKI. JE TE PROPOSE QU'ON ACCEPTE CETTE HISTOIRE DE REPORTAGE ...
... MAIS À UNE CONDITION : QU'ILS ACCEPTENT DE NOUS LAISSER PLANIFIER LA FAÇON DONT LES CHOSES VONT SE DÉROULER, ET N'ESSAIENT PAS DE S'EN ÉCARTER.
DE BASE, NOUS INTERDISONS TOUTE FORME D'INTERVIEWS DIRECTES AVEC LES MEMBRES.
ET ENSUITE, NOUS LEUR IMPOSONS DE NE PAS PRENDRE UNE SEULE PHOTO DES MOMENTS OÙ NOUS PARLONS AVEC LES CLIENTES, POUR NE PAS QUE CELLES-CI SOIENT DÉRANGÉES.
QU'EST-CE QUE VOUS EN DITES, LES AUTRES ?
BAH !
C'EST TOI QUI VOIS, KYOYA. NOUS, ON TE SUIT.
MAIS ÇA A L'AIR PLUTÔT HONNÊTE.
OUAAAAAIS !!
PARFAIT ! DANS CE CAS, PAS DE TEMPS À PERDRE ! COMMENÇONS À PRÉPARER LE PLAN DE DÉROULEMENT DE L'INTERVIEW TOUT DE SUITE !!
LES HITACHIIN BROTHERS ! SI VOUS AVEZ DES IDÉES, JE VOUS ÉCOUTE !!
EUH... OK
YES, SIR !!
CERCLE DE JOURNALISME
JE VOIS... DES "CONDITIONS", VOUS DITES ...
NOUS N'AVONS PAS LE CHOIX. DITES LEUR QUE C'EST D'ACCORD.

SI ON LAISSE LA SITUATION ÉVOLUER COMME ÇA, IL NE VA PROBABLEMENT PLUS TARDER À COMMENCER À JETER DES REGARDS MOUILLÉS DE PETIT CHIEN TRISTE DANS NOTRE DIRECTION, JUSQU'À CE QU'ON FINISSE PAR CÉDER ET ALLER LE VOIR... NON ?
POURQUOI EST-CE QUE JE ME SENS AUSSI SÛRE DE MOI QUAND JE DIS ÇA ?
CRUNCH
HARUHI... TU COMMENCES À AVOIR ENGRANGÉ PAS MAL DE POINTS D'EXPÉRIENCE, ON DIRAIT !
TOI AUSSI ...
HIKARU ET KAORU, CE N'EST PAS LE TYPE DE PROPOSITIONS SUR LESQUELLES VOUS SAUTERIEZ, D'HABITUDE ?
MAIS DITES PLUTÔT...
CE GENRE DE REPORTAGES...
BOF ! PAS CETTE FOIS-CI, EN TOUT CAS !
ET VOUS, HANI ET MORI ?
MOI, IL FAUT QUE JE MANGE MON GÂTEAU, JE SUIS DÉSOLÉ, JE SUIS TROP OCCUPÉ POUR RÉPONDRE MAINTENANT !!
AH !
HUMMM...
REGARDE
BLINK
GULP
CRUNCH
CRUNCH CRUNCH
REGARDE
...

7

TAKASHI MORINOZUKA
NÉ LE 5 MAI

CELUI-CI A ÉTÉ DÉCIDÉ À LA MAJORITÉ DE VOS VOTES. C'EST LE "JOUR DES ENFANTS", ET COMME ÇA NE LUI VA PAS DU TOUT, J'AI TROUVÉ ÇA PARADOXALEMENT TRÈS BIEN. COMME EN PLUS, C'EST LE "TANGO NO SEKKU"*, C'EST DOUBLEMENT PARFAIT ! ENFIN, C'EST CE QUE JE ME SUIS DIT.

VOUS LE SAVEZ DEPUIS LE TOUT DÉBUT DE L'HISTOIRE : MORI EST CENSÉ FAIRE PARTIE DU CERCLE DE KENDO, EN PLUS DU CERCLE D'HÔTES... ET POURTANT, JE N'AI PAS ENCORE DESSINÉ UNE SEULE SCÈNE OÙ ON L'Y VOYAIT EN ACTIVITÉ. JE LE FERAI, UN JOUR, MAIS JE NE PEUX PAS VOUS DIRE QUAND, DÉSOLÉE...

AU FAIT, LA PLUPART DES COURRIERS QUE JE REÇOIS PROVIENNENT SOIT DE FANS DE MORI, SOIT DE FANS DES JUMEAUX ! JE TIENS À M'EXCUSER AUPRÈS DES PREMIÈRES, ET SURTOUT À LES REMERCIER, PARCE QU'ELLES CONTINUENT À ME SOUTENIR MALGRÉ LE FAIT QUE MORI N'APPARAISSE PAS TRÈS SOUVENT... MERCI, DONC ! EN PASSANT, VOUS AUREZ PEUT-ÊTRE REMARQUÉ QU'EN PAGE DE GARDE DU CHAPITRE 13, J'AI MIS MORI, ALORS QUE C'EST LUI QUI A LE PLUS PETIT RÔLE DANS L'HISTOIRE... MAIS C'EST PARCE QUE J'AVAIS ENVIE DE LE DESSINER EN COULEURS ! JE SAIS, C'EST COMPLÈTEMENT FUTILE... (JE ME SUIS FAIT PLAISIR)...

*JOUR PENDANT LEQUEL ON PRIE POUR QUE LES ENFANTS GRANDISSENT BIEN.

NOUS REFUSONS !!
RUMBLE
OUIIIN !! TAMA, REPRENDS-TOI !!
SALLE DE MUSIQUE N°3
CRUNCH
とんがり
...

PRÉSIDENT !!
IL SEMBLE QUE LES PÉCHÉS QUE NOUS AVONS COMMIS PAR LE PASSÉ DOIVENT NOUS SUIVRE JUSQU'À NOTRE MORT...
IL NE NOUS RESTE PLUS QU'À LAISSER NOTRE CERCLE COULER, LE PLUS DIGNEMENT POSSIBLE...
URRRGH...
N...
NON ! JE NE PEUX PAS VOUS LAISSER FAIRE ÇA !!
TOUT LE MONDE A DROIT À UNE DEUXIÈME CHANCE !!!
VOUS POUVEZ COMPTER SUR NOUS !
TOUTE MON ÉQUIPE D'HÔTES ET MOI, NOUS ALLONS COOPÉRER, AFIN DE VOUS AIDER À REDRESSER LA BA...
NOUS, ON NE COOPÉRERA PAS.
QUOI ?!
BEN OUI. TU AS BIEN ENTENDU. S'IL FALLAIT QU'ON TE SUIVE À CHAQUE FOIS QUE TU TE LAISSES EMBARQUER DANS DES HISTOIRES COMME CELLE-CI, ON N'EN FINIRAIT PLUS.
ALORS CETTE FOIS-CI, CE SERA SANS NOUS.
OUAIP. ET PUIS DE TOUTE FAÇON, JE SAIS QUE ÇA M'ENNUIERAIT VITE, TON TRUC.
ALLEZ, TAMAKI. RENTRONS À LA SALLE DU CERCLE. IL FAUT QU'ON FASSE NOTRE POINT QUOTIDIEN SUR LES PLUS ET LES MOINS DE LA JOURNÉE.
ENFIN, SURTOUT LES MOINS, POUR TOI, COMME D'HABITUDE...
ÊTES-VOUS DONC À CE POINT DÉPOURVUS DE CŒUR ?! ILS VONT PERDRE LEUR CERCLE, VOUS RENDEZ-VOUS COMPTE ?! UNE FAMILLE VA ÊTRE DÉCHIRÉE... BRISÉE... MISE EN PIÈCES !!
N'IMPORTE QUOI.
JE VOUS ORDONNE D'OBTEMPÉRER !!! JE SUIS LE PRÉSIDENT DU CERCLE D'HÔTES ! ET JE NE TOLÉRERAI AUCUNE FORME DE DÉSOBÉISSANCE !!

VOUS ALLEZ ME FILMER PENDANT QUE JE POURSUIS DES CRIMINELS, C'EST ÇA ?
VOUS VOULEZ MONTRER À LA FACE DU MONDE À QUOI JE RESSEMBLE QUAND JE COMBATS LE CRIME ?
EUH... TU TE MÉPRENDS. CE N'EST PAS PARCE QU'ON A DIT "24 HEURES AVEC" QUE ÇA A UN RAPPORT AVEC LA SÉRIE DE DOCUMENTAIRES TÉLÉVISÉS "24 HEURES AVEC LE COMMISSAIRE"...
PFF
SHINE SHINE
NOUS ACCEPTONS !
NOUS REFUSONS.
QUE ?!
KYOYA !! TU N'AS DONC JAMAIS REGARDÉ CETTE ÉMISSION ? C'EST VRAIMENT FANTASTIQUE, TU SAIS !!
ET PUIS... À CAUSE DE MOI, LE RÉDACTEUR EN CHEF EST BLESSÉ, IL FAUT QUE JE LE DÉDOMM ...
BUMP
NOUS SOMMES VRAIMENT DÉSOLÉS, MAIS NOUS NE POUVONS PAS ACCEPTER DE DÉVOILER QUOI QUE CE SOIT SUR NOTRE CERCLE À QUICONQUE N'EN EST PAS CLIENT.
EXACTEMENT !
ALORS... POUR LES FRAIS DE SOINS, NE T'INQUIÈTE PAS.
LE BARON VA LES PAYER.
MAIS NOUS NE POUVONS PAS ACCEPTER TON OFFRE. QU'EST-CE QUE NOUS AURIONS À GAGNER À COLLABORER AVEC LES RÉDACTEURS D'UN JOURNAL QUI N'A PUBLIÉ QUE DES RUMEURS JUSQU'À MAINTENANT ?
OUAIP.
ET SURTOUT, MOI JE NE SUPPORTE PAS BIEN LE CONTACT DES GENS QUI S'AMUSENT À CAUSER DU TORT AUX AUTRES !!
PAILLE, POUTRE... IL A OUBLIÉ DE SE REGARDER, SUR CE COUP-LÀ...
QUEL HORRIBLE CARACTÈRE IL A !
ZING
JE... JE VOIS...
URGH...

*LEUR RANG SOCIAL DIFFÉRENT -LES PRIVE D'AMOUR !!
**DISSENSIONS - CERCLE DE FOOTBALL AMÉRICAIN
***LE PROFESSEUR DE MATHS MONSIEUR K ESSAIE DE FAIRE REPOUSSER SES CHEVEUX ?!
"DÉPART DÉFINITIF" OU SIMPLES VACANCES ?!
EH BIEN ! JE NE SAVAIS PAS QU'IL Y AVAIT UN CERCLE DE JOURNALISME !
CERTES, J'AVOUE, EN FAIT, JE NE CONNAIS AUCUN DES CERCLES DE CETTE ÉCOLE, À PART LE NÔTRE, MAIS...
OUI, ENFIN, "JOURNALISME", C'EST UN BIEN GRAND MOT...
... PARCE QUE CE QU'ILS PRODUISENT, C'EST ÇA. "ICI C&O". UN VAGUE TABLOÏD QUI FAIT SON BEURRE EN GROSSISSANT DES RUMEURS SUR LES HISTOIRES D'AMOUR, LES PROBLÈMES DE RIVALITÉ, LES BATAILLES DE POUVOIR ETC. ENTRE LES ÉTUDIANTS DE L'ÉCOLE.
À FORCE, C'EST DEVENU TELLEMENT N'IMPORTE QUOI QUE PLUS PERSONNE NE LE LIT !
教師K増毛中!
『後退』ならぬ『交代』?
CE QU'ILS DISENT EST VRAI. À TROP VOULOIR ATTIRER LES LECTEURS, NOUS AVONS FINI PAR NOUS ÉCARTER COMPLÈTEMENT DE LA VÉRITÉ, ET DES FAITS...
C'EST POUR CETTE RAISON QUE NOUS VOUS DEMANDONS VOTRE AIDE ! S'IL VOUS PLAÎT !!
24 HEURES AVEC LE CERCLE D'HÔTES ?!
... AU POINT QUE NOS VENTES ONT CHUTÉ, ET QUE NOTRE CERCLE EST AUJOURD'HUI EN PÉRIL. MAIS ÇA NOUS A OUVERT LES YEUX ! ET NOUS VOUDRIONS REPARTIR SUR DE BONNES BASES...
NOUS VOUDRIONS QUE VOUS ACCEPTIEZ DE NOUS LAISSER FAIRE, POUR LE NUMÉRO SPÉCIAL DE PRINTEMPS, UN REPORTAGE SUR VOUS : "24 HEURES AVEC LE CERCLE D'HÔTES" ! NOUS VOUS PROMETTONS DE N'Y RAPPORTER QUE DES FAITS VÉRIFIÉS, ET RIEN D'AUTRE !!
ÇA VEUT DIRE QUE...

CERCLE DE JOURNALISME
JE SUIS DÉSOLÉ.
ACCEPTE DE ME PARDONNER MA MALADRESSE.
NON, NON, NE T'EXCUSE PAS.
CE N'EST PAS GRAND-CHOSE. JUSTE BEAUCOUP DE VERRES BRISÉS ET LA BALLE QUI EST VENUE FRAPPER DIRECTEMENT MA TÊTE...
RIEN DE TRÈS GRAVE, EN SOMME...
MAIS... À VRAI DIRE, TU TOMBES BIEN.
CHIKAGE UKYO, PREMIÈRE B
TOMOCHIKA SAKYO, PREMIÈRE C
NOUS ÉTIONS JUSTEMENT, RÉCEMMENT, EN TRAIN DE RÉFLÉCHIR À PRÉPARER UN DOCUMENT SUR LE CERCLE D'HÔTES, ET VOULIONS VOUS DEMANDER SI VOUS ACCEPTIEZ DE COLLABORER...
PRÉSIDENT DU CERCLE DE JOURNALISME DU LYCÉE CERISIERS ET ORCHIDÉES - AKIRA KOMATSUZAWA, TERMINALE C

*KEMARI = ANCIEN JEU DE BALLE QUI SE JOUE À PLUSIEURS, ET CONSISTE À SE PASSER UNE BALLE EN LA FRAPPANT AVEC LE PIED SANS JAMAIS QU'ELLE NE DOIVE TOUCHER TERRE.
**HIKARU GENJI = PERSONNAGE PRINCIPAL DU CÉLÈBRE DIT DU GENJI (GENJI MONOGATARI), ROMAN DE MURASAKI SHIKIBU ÉCRIT PENDANT LA PÉRIODE HEIAN, ET DONT ON DIT SOUVENT QU'IL EST LE ROMAN FONDATEUR DE LA LITTÉRATURE JAPONAISE. HIKARU GENJI EST PRÉSENTÉ, DANS L'HISTOIRE, COMME LE PLUS BEL HOMME DU MONDE, AUQUEL AUCUNE FEMME NE RÉSISTE.

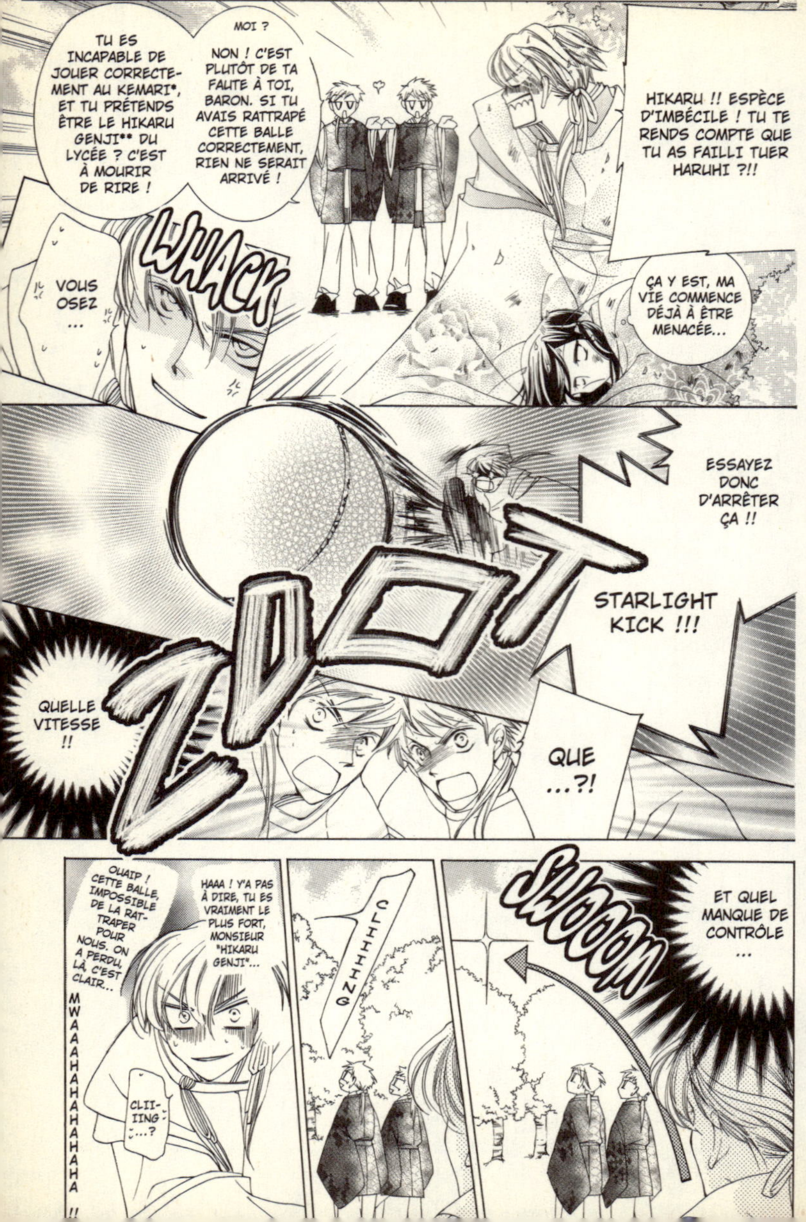

*SOBAS = NOUILLES DE SARRASIN.
**NININBAORI = VOIR LE DESSIN : HANI ET MORI SONT ENSEMBLE DANS UN SEUL VÊTEMENT, DUQUEL SORTENT LA TÊTE DE HANI, ET LES MAINS DE MORI. C'EST MORI QUI FAIT MANGER HANI À L'AVEUGLETTE. CLASSIQUE DES SPECTACLES COMIQUES JAPONAIS.

HOHO ?
AH OUI ? ET POURRAIS-TU ME RAPPELER CE QUI SE PASSE, HABITUELLEMENT, QUAND NOUS JOUONS À NOUS DONNER DES GAGES SEULS TOUS LES DEUX, HMM ?
ÇA...
ÇA, CE N'EST PAS LA MÊME CHOSE ! C'EST PARCE QUE TU...
KYAAAAAAAAAH !!
CONTINUEZ ! DITES-NOUS TOUT ! NOUS VOULONS EN SAVOIR PLUS !!
COMME C'EST CHARMANT ! UN RUISSEAU DANS LA COUR DU LYCÉE !
DEPUIS QUAND EST-IL LÀ ?
C'EST CE QUE L'ON APPELLE UN "YARI-MIZU".
ON DIT QU'AUTREFOIS, PENDANT LA PÉRIODE HEIAN, LES GENS AIMAIENT À Y REGARDER PASSER LES PÉTALES DE CERISIERS AU PRINTEMPS, ET LES FEUILLES MORTES EN AUTOMNE. ILS LEUR SERVAIENT À S'IMPRÉGNER DES SAISONS, ET À EN SENTIR LE PASSAGE.
NOUS L'AVONS FAIT CONSTRUIRE EN SYMBOLE DU PLAISIR QUE NOUS ÉPROUVONS À VOIR PASSER LES SAISONS AVEC VOUS, PRINCESSES.
À CE PROPOS, IL FALLAIT QUE JE VOUS PARLE D'UNE CHOSE. À L'AUTOMNE PROCHAIN, NOUS AVONS L'INTENTION D'ORGANISER, COMME CE PRINTEMPS, UN ÉVÉNEMENT SPÉCIAL "FEUILLES MORTES", AUQUEL NOUS NE POURRONS MALHEUREUSEMENT CONVIER QU'UN NOMBRE LIMITÉ D'ENTRE VOUS...
RÉSERVATIONS
JE...
J'EN SUIS ! METTEZ-MOI SUR LA LISTE DES RÉSERVATIONS !!

Ô MON BEAU TAMAKI... NE FAITES PAS CELA !!
SI VOUS VOUS APPROCHEZ TROP DE MOI, TOUTES LES FILLES QUI VOUS RÉVÈRENT VONT ME HAÏR...
MA PRINCESSE... NE T'INQUIÈTE DONC PAS. LES FLEURS DE CE CERISIERS NOUS PROTÈGENT DES REGARDS INDISCRETS !
C'EST MAINTENANT OU JAMAIS, MA JEUNE ET JOLIE PRINCESSE...
ILS JOUENT À L'AMOUR INTERDIT...
IL NOUS FAUT PROFITER DU FAIT QU'EN CET INSTANT, L'ESPRIT DU PRINTEMPS NOUS PROTÈGE...
TAMAKI...
OH NON !
C'EST ENCORE MOI QUI AI PERDU ?
HIHIHI !
EH BIEN VOILÀ ! C'EST DONC DÉCIDÉ, C'EST VOUS, KAORU, QUI AUREZ UN GAGE !
HAHAHA !
PRINCESSES, ESSAYEZ TOUT DE MÊME DE LE MÉNAGER !
IL N'A PAS L'AIR COMME ÇA, MAIS IL EN FAUT PEU POUR LE FAIRE PLEURER !
HIKARU !! NE DIS PAS ÇA, CE N'EST PAS VRAI !!

NOTE
CETTE ANNÉE ENCORE, NOUS NOUS PERMETTRONS D'IGNORER LES PASSAGES EN CLASSES SUPÉRIEURES QUI DEVRAIENT THÉORIQUEMENT AVOIR LIEU POUR LES MEMBRES DU CERCLE...

*PÉRIODE HEIAN : 794-1185. PÉRIODE DE L'HISTOIRE DU JAPON CÉLÈBRE POUR L'ESSOR QU'ONT CONNU LES ARTS ET LETTRES PENDANT TOUTE SA DURÉE.

CHAPITRE 16

FRUSH
PRÉSIDENT ! D'APRÈS NOS DERNIÈRES STATISTIQUES, LE NOMBRE DE NOS LECTEURS EST DESCENDU À MOINS DE 10 POUR CENT !!
SI VOUS VOULEZ QUE NOTRE CERCLE SURVIVE, IL VA FINALEMENT PEUT-ÊTRE BIEN NOUS FALLOIR...
CERCLE DE JOURNALISME
NE SOIS PAS TROP PRESSÉ, UKYO !! TU SAIS AUSSI BIEN QUE NOUS QU'IL EST DANGEREUX DE S'ADRESSER À EUX !! CAR SI NOUS FAISONS UN SEUL FAUX PAS...
... CE N'EST PAS LA DISPARITION DE NOTRE CERCLE QUE NOUS RISQUONS, MAIS BEL ET BIEN L'EXCLUSION PURE ET SIMPLE DE L'ÉCOLE !!
CALME-TOI, SAKYO.
UKYO A RAISON. DANS L'ÉTAT ACTUEL DES CHOSES, NOUS N'AVONS PAS LE CHOIX. SI NOUS VOULONS ÉVITER QUE NOTRE CERCLE NE DISPARAISSE, NOUS ALLONS EFFECTIVEMENT ÊTRE OBLIGÉS D'ALLER DEMANDER DE L'AIDE...
... AUX MEMBRES DU CERCLE D'HÔTES.
NOUS NOUS TROUVONS ACTUELLEMENT DANS LE LYCÉE CERISIERS ET ORCHIDÉES, OÙ QUELQUES ÉLÈVES...

6

MITSUKUNI
HANINOZUKA
29 FÉVRIER

UN CHOIX ÉVIDENT : PUISQU'IL N'A SON ANNIVERSAIRE QU'UNE FOIS TOUS LES QUATRE ANS, IL GRANDIT QUATRE FOIS MOINS VITE QUE TOUT LE MONDE. NON ? DANS LES TOUTES PREMIÈRES DESCRIPTIONS QUE J'AVAIS FAITES DE LUI (C'EST-À-DIRE, AVANT DE COMMENCER À ÉCRIRE LE CHAPITRE 1 DE HOST CLUB), JE L'AVAIS IMAGINÉ COMME SUIT : "IL AIME LES CHAMPS DE FLEURS, LES LAPINS ET LES GÂTEAUX. MAIS IL AIME TOUT AUTANT LES FILLES PLUS ÂGÉES QUE LUI". J'AVAIS AUSSI AJOUTÉS DIVERS ÉLÉMENTS DE BACKGROUND, COMME : "LA RUMEUR VEUT QU'IL SOIT LE SEUL ET UNIQUE MEMBRE DU CERCLE À ÊTRE CAPABLE DE LEVER LA MAIN SUR UNE PERSONNE DE SEXE FÉMININ ; MAIS PERSONNE NE L'A JAMAIS VRAIMENT VU FAIRE" ; OU ENCORE : "QUAND IL SE MET EN COLÈRE, IL CRIE "PROSTERNE-TOI DEVANT MOI, TRUIE !!" ET ENCORE PAS MAL D'AUTRES CHOSES QUI, EN Y REPENSANT, ME SEMBLENT PLUTÔT HORRIBLES... EN FAIT, DANS MES DESCRIPTIONS PRÉLIMINAIRES, IL ÉTAIT AFFUBLÉ DE CETTE "DOUBLE PERSONNALITÉ" QUE JE LUI DONNE ENCORE DANS LES HISTOIRES PARALLÈLES. AH, ET AUSSI, AU TOUT DÉBUT, LA PAUSE ACCROUPIE QUE JE FAIS TOUJOURS PRENDRE À TAMAKI QUAND IL BOUDE ÉTAIT CENSÉE ÊTRE UNE DES CARACTÉRISTIQUES DE HANI.

EN BREF, CE GENRE DE CHOSES, ÇA BOUGE BEAUCOUP... GLOUPS !

UN DES DESSINS PRÉLIMINAIRES DE HANI.

ALICE !!
HMMM...
QUE ...?!
VOYONS ! CE N'EST PAS UN ENDROIT POUR DORMIR ! JE ME SUIS INQUIÉTÉE !
BON.
MAINTENANT, VIENS AVEC MAMAN ! ON RENTRE !
D'ACCORD ?
CE SOIR, JE T'AI PRÉPARÉ TON PLAT FAVORI : DU RAGOÛT !
SMILE
ENTENDU, MÈRE !
RÉVEILLÉE, ALICE PRIT AVEC SA MÈRE LE CHEMIN DE SA MAISON. ET C'EST AINSI QUE...
J'AI FAIT UN RÊVE ÉTRANGE, AUJOURD'HUI !
UHUHU ! C'EST UNE BONNE CHOSE, MA FILLE...
... TAMAKI ET LES AUTRES FURENT CONDAMNÉS À PASSER LE RESTANT DE LEURS JOURS DANS L'UNIVERS DE SON RÊVE...
QUOI ?! MAIS... ATTENDEZ, LÀ !!
GRAOR !
QU'EST-CE QUE C'EST QUE CES BALIVERNES ?!
... POUR LE PLUS GRAND SOULAGEMENT DE (NOUS) TOUS.
LA DUCHESSE, ELLE, A ÉTÉ OUBLIÉE PAR TOUT LE MONDE...
TUTUM TUTUM
UN JOUR, MON HÉROS VIENDRA..
EN PRISON.

UHUHUHUHU !
ROI BLANC
CE FUT UN DÉNOMMÉ NEKOJAWA QUI LA REMPLAÇA AU PIED LEVÉ. PERSONNE NE SAVAIT QUI IL ÉTAIT, NI D'OÙ IL VENAIT ; MAIS LES RUMEURS LUI PRÊTAIENT UNE LOINTAINE PARENTÉ AVEC UNE QUELCONQUE FAMILLE ROYALE.
SOUS SON RÈGNE, LA PAIX REVINT ENFIN DANS LE ROYAUME.
J'AI L'IMPRESSION DE L'AVOIR DÉJÀ VU QUELQUE PART...
HUMMM ...
IL RESTAIT POURTANT UNE QUESTION À TRANCHER.
C'EST MOI QUI VAIS ÉPOUSER ALICE !!
ON NE SAIT PAS POURQUOI, MAIS APPAREMMENT LA MALÉDICTION DU CCC N'EST PAS LEVÉE...
NE DIS PAS N'IMPORTE QUOI ! C'EST ALICE QUI A VAINCU LA REINE ROUGE, PAS TOI ! DONC NOUS AVONS AUTANT LE DROIT QUE TOI DE PRÉTENDRE À SA MAIN !!
DITES ! DITES ! VOUS PARLEZ DE QUOIII ? JE PEUX PARTICIPER MOI AUSSI ?
PUISQUE C'EST COMME ÇA...
ALICE !! C'EST TOI QUI VAS TRANCHER ! QUI EST-CE QUE TU CHOIS...
ALICE D.
WOOOOO
!?
OÙ EST-ELLE ?! OÙ EST LA VRAIE ALICE ?!
POURQUOIII ...?!
ALIIIIICE REVIEEEENS !! !!
ALIIIII-IIIIIICE !!!
ALICE ...
ALICE ...?
ALICE !!

BOYOOONG
KYAAH KYAAH KYAAH
SWING
ET C'EST AINSI QUE LA REINE - ET SON CHÂTEAU - DISPARURENT DE LA SURFACE DE LA PLANÈTE.
QU'EST-CE QUI A BIEN PU SE PASSER ?

KRRRRRRRR
GROAAAR
WOOOOOSH
INCROYABLE !! DE LA MAGIE !!
COMMENTATEURS
LE CHAPELIER ÉTAIT DONC EN FAIT UN MAGICIEN !!
ÇA DEVIENT VRAIMENT N'IMPORTE QUOI, CETTE HISTOIRE ...
TOI ...!!
WOOP
HAA !
SI JE N'INTERVIENS PAS, LA REINE VA ENCORE LANCER UNE MALÉDICTION...
HMMM...
IL FAUT QUE JE TROUVE QUELQUE CHOSE... QUELQUE CHOSE...
CHERCHE
CHERCHE
BOM
BOM
AAAAARGH
WAAAH WAAAH
FRUSH
TIENS, QU'EST-CE QUE...
CRUNCH CRUNCH CRUNCH CRUNCH CRUNCH CRUNCH
PETIT BELZÉNEF ET "COOKIE DE CROISSANCE".
À..
À TOI DE JOUER, BELZÉNEF !!

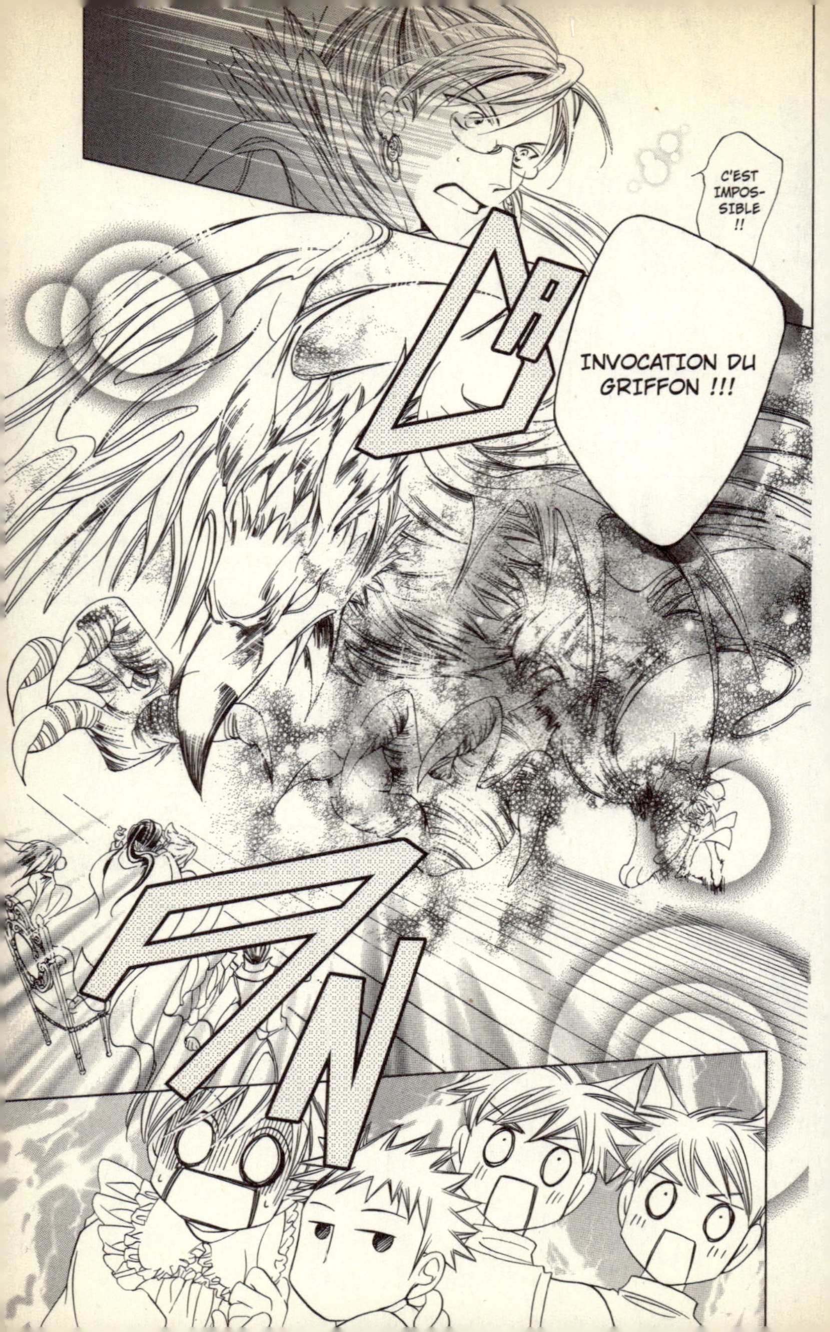
C'EST IMPOS-SIBLE !!
INVOCATION DU GRIFFON !!!

TOUS NOS INVITÉS SONT LÀ ?
OUI, Ô MA REINE !
CLAACK
PARFAIT ! UNE PETITE PUNITION EXEMPLAIRE NE DEVRAIT PAS FAIRE DE MAL AU ROYAUME !
VOTRE TÊTE, MES AMIS, SERVIRA PRÉCIEUSEMENT LES INTÉRÊTS DE NOTRE BELLE NATION.
ZAAM
CHAPELIER ?!
JE VAIS TE CONFIER UN SECRET. SAIS-TU POURQUOI ON QUALIFIE MES TRICHERIES DE "BIZARRES" ?
BEAUCOUP SONT CEUX QUI, M'AYANT VU AGIR, SE SONT PRÉCIPITÉS À ME TRAITER DE "TRICHEUR". AUCUN D'ENTRE EUX, POURTANT, N'A JAMAIS PU EXPLIQUER LE POURQUOI DE MES SUCCÈS.
LA RAISON EN EST SIMPLE.
IL N'Y A, DANS CE QU'ON APPELLE MES "TRICHERIES", PAS DE "TRUC" À EXPLIQUER.
POOOFF

... NOTRE PAYS EST ACTUELLEMENT EN PLEIN MARASME ÉCONOMIQUE !!
HOHOHOHOHOHO !!
OUH LÀ LÀ !! TOUTES MES EXCUSES !
C'EST AUSSI LA RAISON POUR LAQUELLE IL FAIT UN PEU SOMBRE, DANS CE CHÂTEAU : NOUS ESSAYONS DE ROGNER SUR LES BUDGETS UN PEU PARTOUT.
DOOM
HUM... EH BIEN... JE... NOUS... SOMMES DÉSOLÉS !!
ELLE N'Y EST POUR RIEN, MAIS ELLE A QUAND MÊME RESSENTI LE BESOIN DE S'EXCUSER...
MA...
MAIS... TOUT CELA NE VOUS DONNE PAS LE DROIT DE CONDAMNER LES GENS À MORT COMME VOUS LE FAITES !!
VOUS N'AVEZ DONC PAS APPRIS, À L'ÉCOLE PRIMAIRE, QU'IL NE FALLAIT PAS TUER SON PROCHAIN ?!
PEUH ! JE NE SUIS JAMAIS ALLÉE À L'ÉCOLE PRIMAIRE !
D'AUTRE PART, J'AI FAIT TOUT CE QUE JE POUVAIS POUR DIMINUER LES BUDGETS DE L'ÉCLAIRAGE ET DE L'ARMÉE.
LA SEULE CHOSE QUE JE PUISSE ENCORE FAIRE...
HIN HIN !
... C'EST DIMINUER LES "HOMMES" !!

QUOIII ?! COMMENT OSEZ-VOUS PRÉTENDRE ...
D'ABORD, LE "SORT" QUE J'AI JETÉ SUR LA FORÊT DE LOBÉLIA, ET QUI L'A "PLONGÉE DANS LES TÉNÈBRES".
IL NE S'AGIT, EN RÉALITÉ, QUE D'UNE SIMPLE MESURE DE RÉDUCTION DES COÛTS LIÉS À L'ÉCLAIRAGE.
HEIN ?!
CETTE FORÊT PRÉSENTE, À L'ORIGINE, LA PARTICULARITÉ D'ÊTRE MAL SITUÉE, ET DE NE PAS...
... RECEVOIR LA LUMIÈRE DIRECTE DU SOLEIL. POUR CETTE RAISON, ET AFIN DE PERMETTRE AUX ARBRES QUI LA COMPOSENT DE FAIRE LEUR PHOTOSYNTHÈSE, NOUS DEVIONS, JUSQU'À MAINTENANT, L'ÉCLAIRER AVEC UN SOLEIL ARTIFICIEL. CE QUI CONSTITUAIT UN FANTASTIQUE GASPILLAGE D'ARGENT PUBLIC.
SOLEIL.
KYAH KYAH
HI HI HO HO !
VIVE LE SOLEIL !
ENSUITE, LAISSEZ-MOI VOUS PARLER UN PEU DE CE QUI S'EST PASSÉ POUR LES, OU PLUTÔT LE CHAT-DU-COMTÉ-DE-CHESTER.
LA TORTUE QU'IL A FAIT BOUILLIR, J'AVAIS L'INTENTION DE LA FAIRE SE REPRODUIRE, POUR LA TRANSFORMER EN NOUVELLE FORME DE RESSOURCE ALIMENTAIRE POUR L'ENSEMBLE DE LA POPULATION DU ROYAUME.
LA TORTUE EN QUESTION : LA "TORTUE-ÉLÉPHANT".
SANS OUBLIER LA PARTIE DE CROQUET, QUE LE CHAPELIER A GÂCHÉE.
KYAH !
QUANT À LA DUCHESSE, POUR RÉPANDRE SES RUMEURS ABSURDES, ELLE A UTILISÉ - OU PLUTÔT GASPILLÉ - UNE GRANDE QUANTITÉ DE PAPIER !
L'AMOUR SECRET
ELLE FAISAIT DES FANZINES POUR RÉPANDRE LES RUMEURS.
CEUX QUI Y PARTICIPAIENT ÉTAIENT DES PONTES ÉTRANGERS. SI J'AVAIS PU LA MENER À SON TERME AVEC SUCCÈS, J'AURAIS PU RECEVOIR DES AIDES FINANCIÈRES DE LEUR PART.
UGH
SI JE COMPRENDS BIEN, CE QUE VOUS ESSAYEZ DE NOUS DIRE, C'EST QUE ...
OUI !
PAR LA FAUTE DE LA REINE PRÉCÉDENTE, LA REINE ROUGE, ET DES SES INCESSANTS GASPILLAGES ...

PSST
PSST
ÇA A ÉTÉ MOINS DIFFICILE QUE JE NE LE PENSAIS, D'ARRIVER JUSQU'À LA REINE...
OUAIP. MOI AUSSI JE M'ATTENDAIS À CE QU'IL Y AIT, AU MOINS, QUELQUES COMBATS !
C'EST NUL !
L'AUTEUR DOIT MANQUER DE PAGES...
TIENS ? CE LAPIN... C'EST CELUI DU DÉBUT DE L'HISTOIRE !!
JE NE L'IMAGINAIS PAS SI AGRESSIF !
CESSEZ VOS BABILLAGES ! VOUS ÊTES DEVANT LA REINE, PETITS INSECTES !!
CHUT !
C'EST UN LAPIN À DOUBLE PERSONNALITÉ !!
BANDE DE LARVES !!
SI JE N'AVAIS PAS REÇU L'ORDRE EXPRÈS DE LA REINE DE NE PAS VOUS TOUCHER, IL Y A LONGTEMPS QUE VOUS SERIEZ SIX PIEDS SOUS TERRE !!
J'AI HORREUR DES ÊTRES INFÉRIEURS COMME VOUS !!
IL EST À NOUVEAU EN MODE UKI DOKI MEMORIAL...
GLOOM
ILS SE SONT FAIT MENACER PAR UN LAPIN...
IL ME SEMBLE QUE VOUS ÊTES EN TRAIN DE COMMETTRE UNE GROSSE ERREUR D'INTERPRÉTATION.
LES PEINES DE MORT, ET TOUTES LES AUTRES PUNITIONS ...
... QUE J'INFLIGE CI ET LÀ SONT TOUTES - ET JE DIS BIEN TOUTES - DÉCIDÉES POUR LE BIEN DE NOTRE PAYS.

JE VAIS ME CHARGER DE RÉGLER CE PROBLÈME.
QU'ON LES INVITE AU CHÂTEAU !
DADAAN
DADAAN

ET SURTOUT... IL GAGNERA LE DROIT D'ÉPOUSER ALICE !!!
ET C'EST À LA SUITE DE CET ENCHAÎNEMENT DE RENCONTRES IMPROBABLES QUE L'AVENTURE DE NOS HÉROS COMMENÇA RÉELLEMENT.
YEEAH
ÇA COMMENCE À PRENDRE LA MÊME TOURNURE QUE D'HABITUDE...
C'EST À SE DEMANDER QUELLE ÉTAIT L'UTILITÉ DE FAIRE UN PASTICHE...
QU'ILS VIENNENT, CES PETITS RATS !
DOIS-JE DONNER ORDRE À NOTRE ARMÉE DE SE PRÉPARER ?
NON. CE SERAIT UNE PERTE DE TEMPS INUTILE.
PEUH !

ÉQUIPE SPÉCIALE D'HABILLAGE...
WAAAH !
WAAH !
TIENS !
METS ÇA !!
C'ÉTAIT DONC UN GARÇON, EN FAIT ...
BLINK
À VOTRE AVIS, QU'EST-CE QU'ELLE A REGARDÉ POUR COMPRENDRE ? (RÉPONSE : SON BUSTE, VOYONS. RHOOH).
SERRE
IL A UN AN. DANS SA TÊTE.
GENTIL PETIT...
BON, EH BIEN SI J'AI BIEN COMPRIS, ON EST PARTIS POUR SE FAIRE LA GUERRE POUR SAVOIR QUI AURA ALICE.
AH !
TOI ! JE VEUX BIEN QUE TU NE SOIS QU'UN ENFANT, À L'INTÉRIEUR, MAIS CE N'EST PAS UNE RAISON POUR TE PERMETTRE CE GENRE DE HARCÈLEMENT SEXUEL !!
VOUS L'AUREZ VOULU !! VOICI CE QUE NOUS ALLONS FAIRE !!
CELUI D'ENTRE NOUS QUI RÉUSSIRA À FAIRE TOMBER LA REINE SERA DÉCLARÉ "SEUL VRAI HÉROS" DU ROYAUME !

TAP
TAP
BON, BAH NOUS AUSSI ALORS. ON PREND TON IDÉE POUR NOUS.
SI ON GAGNE, ELLE SE MARIE AVEC NOUS !!
QUOI ?!! MAIS,.. VOUS N'AVEZ PAS LE DROIT, LES CHATS-RLOTS !!
BLINK
IL N'EST PAS MIGNON DU TOUT, CET ENFANT...
SIGH
!!
ALLONS, ALLONS ! TOUT VA BIEN !
NE PLEURE PAS ! NE PLEURE PAS !
BON, BAH MOI JE RENTRE.
AH ! OUI !
J'AI UNE IDÉE ! JE VAIS ESSAYER DE LE CALMER AVEC CE COOKIE, QUE J'AI DANS MA POCHE.
JE ME DEMANDE S'IL VA ACCEPTER DE LE MANGER ...
CRUNCH
COOKIE DE CROISSANCE

PEUH !
VOUS ME FAITES RIRE, LES DEUX CHATS-RLOTS !
VOUS EN PRENDRE À UNE INNOCENTE JEUNE FILLE POUR LUI SOUTIRER DE L'ARGENT ET DES OBJETS... VOUS N'ÊTES DÉCIDÉMENT PAS DES GENTLEMEN !
DEUXIÈME RÔLE DE TAMAKI : LE CHAPELIER.
LE LAPIN DE MAI : SHIRO (IL EST NÉ EN MAI, DONC JE NE POUVAIS PAS EN FAIRE UN "LAPIN DE MARS"...).
OH ! CE TRICHEUR DE CHAPELIER ET LE LAPIN DE MAI !!
TRICHEUR ?
OUI. LUI AUSSI, IL EST CENSÉ AVOIR ÉTÉ JETÉ EN PRISON PARCE QU'IL AVAIT EMPLOYÉ UNE TECHNIQUE DE TRICHERIE BIZARRE PENDANT UNE PARTIE DE CROQUET ORGANISÉE PAR LA REINE.
JE CROYAIS QUE TU ÉTAIS MORT ET ENTERRÉ DEPUIS LONGTEMPS ?!
HIN HIN !!
N'OUBLIE PAS À QUI TU T'ADRESSES ! JE ME SUIS BIEN ÉVIDEMMENT ÉVADÉ !!
LA VIE DE FUGITIF NE ME DÉPLAÎT PAS ! MAIS... JEUNE FILLE...
... QUE DIRAIS-TU, AU CAS OÙ NOUS RÉUSSIRIONS À VAINCRE LA REINE, DE TE MARIER AVEC MOI ?!
HÉ !
OH.
C'EST ENCORE PLUS ABUSÉ QUE CE QU'ON LUI PROPOSAIT NOUS.

UNE FILLE ET UN BÉBÉ… TU CROIS QU'ILS ONT L'INTENTION D'ALLER AFFRONTER LA REINE ?
PAS IMPOSSIBLE. SI C'EST LE CAS, SOIT ILS SONT FOUS, SOIT ILS SONT IDIOTS, CCC A !
QUI ÊTES-VOUS ?
BONJOUURRRR !
NOUS SOMMES LES DEUX CHATS-DU-COMTÉ-DE-CHESTER !
NOUS ÉTIONS UN SEUL ET MÊME CHAT, À LA BASE, MAIS SUITE À UN SORT QUE NOUS A JETÉ LA REINE, NOUS NOUS SOMMES DIVISÉS EN DEUX !
ELLE NOUS A PUNIS INJUSTEMENT PARCE QUE NOUS AVONS, POUR NOUS AMUSER, REMPLACÉ LA TORTUE DE MER QUI DEVAIT SERVIR DE BASE À SA SOUPE PAR LA TORTUE TERRESTRE QUI LUI SERVAIT D'ANIMAL DE COMPAGNIE.
ELLE MANQUE VRAIMENT DE SENS DE L'HUMOUR…
ENFIN ! MAINTENANT QU'ON EST DEUX, ON S'AMUSE BIEN, DONC FINALEMENT, CE N'ÉTAIT PAS UNE SI MAUVAISE CHOSE, MAIS BON.
ENTRE EUX ET LA DUCHESSE, JE COMMENCE À RESSENTIR UN PEU DE COMPASSION POUR LA REINE…
JE NE SAIS PAS POURQUOI…
ON N'A RIEN À FAIRE. ON PEUT T'ACCOMPAGNER SI TU VEUX !
SI ON ARRIVE À BATTRE LA REINE, QU'EST-CE QUE TU NOUS DONNE EN RÉCOMPENSE ?
DE L'OR ? DES PIERRES PRÉCIEUSES ? UN NOUVEAU JEU VIDÉO ?
HEIN ?
EUH… EH BIEN…
C'EST-À-DIRE QUE… JE N'AI PAS GRAND-CHOSE…

AAAH !
BELLE HÉROÏNE ! IL ME FAUT ME RENDRE AU CHÂTEAU...
POUR VENIR ME SAUVER, TU VAS AVOIR BESOIN DE PARTENAIRES !!
UN **GROUPE** DE PARTENAIRES ! DE PRÉFÉRENCE, UN MOINE OU N'IMPORTE QUEL AUTRE PERSONNAGE DISPOSANT DE SORTS DE GUÉRISON, UN MAGICIEN, ET BIEN SÛR, UN GUERRIER !!
MAIS SURTOUT ! SURTOUT ! N'OUBLIE PAS CECI : IL FAUT QU'ILS SOIENT BEAUX !! TOUS !! LE VISUEL, C'EST CE QU'IL Y A DE PLUS IMPORTANT !!
VIENS À MON SECOUUURS !!
DUCHESSE !!
*VERSION ABRÉGÉE DE "CHAT-DU-COMTÉ-DE-CHESTER".
QU'EST-CE QUE JE VAIS FAIRE DE CET ENFANT ...
TU VIENS AVEC MOI AU CHÂTEAU ?
ON VA VOIR MAMAN.
ET C'EST AINSI QU'ALICE PRIT LE CHEMIN DU CHÂTEAU.
ELLE EST PARTIE (APRÈS AVOIR BEAUCOUP PARLÉ)...
WHUP
AH ! QUELLE RÉACTION MIGNONNE !
AHA-HAH !
REGARDE, CCC* B ! CES DEUX-LÀ, EN BAS !

MAIS... CE N'EST PAS DE MA FAUTE SI LES REGARDS QU'ILS S'ÉCHANGENT MUTUELLEMENT SONT ÉVOCATEURS !
ET PUIS... L'AUTRE JOUR, JE L'AI VUE POSER SA MAIN SUR SON ÉPAULE, COMME ÇA...
MAIS OUI, MAIS OUI.
CERTAINS AFFIRMAIENT QUE LA "DUCHESSE TRÈS AU COURANT" AURAIT DÛ ÊTRE RENOMMÉE "DUCHESSE TRÈS IMAGINATIVE"...
S'IL DEVAIT M'ARRIVER QUELQUE CHOSE... JE N'OSE MÊME PAS PENSER AU SORT DE CE PAUVRE PETIT ÊTRE...
HOO !
VOUS AVEZ UN BÉBÉ ?
JE PEUX LE PRENDRE DANS MES BRAS ?
C'EST UN GARÇON OU UNE FIL...?
SON NOM EST "MORIKO".
KYAAH !
ELLE EST TRÈS GENTILLE ET TRÈS SAGE. JE NE L'AI JAMAIS ENTENDUE PLEURER !
OH. C'EST DONC UNE FILLE.
CE N'EST PAS VRAIMENT ÇA LE POINT IMPORTANT DE LA DISCUSSION...
LA DUCHESSE EST ICI !!
SLAM
SUR ORDRE DE SA MAJESTÉ, NOUS SOMMES VENUS LA CHERCHER !!

OH ! EST-CE DONC VRAI ?
SHINE SHINE
SHINE
VOUS ALLEZ VOUS OCCUPER DE LA REINE NOIRE ? POUR MOI ?
LA DUCHESSE = RENGE HOSHAKUJI.
HEIN ?
EUH... NON, JE N'AI PAS DIT QUE J'ALLAIS M'EN OCCUPER, J'AI DIT QUE J'ALLAIS D'ABORD ESSAYER DE LUI PARLER...
ET JE N'AI PAS DIT QUE C'ÉTAIT "POUR TOI" QUE JE LE FAISAIS...
OH !
JE LE SAVAIS ! QUAND UNE JEUNE FILLE EST EN DANGER, IL Y A TOUJOURS UN HÉROS POUR VENIR LA SAUVER ! C'EST UNE RÈGLE IMMUABLE DE LA NATURE !!
OUI, JE LE SAVAIS !!
LE MAJORDOME.
EN DANGER ?!!
OUI... CAR LA DUCHESSE...
... A ÉTÉ CONDAMNÉE À MORT PAR LA REINE NOIRE !!
POURQUOI VEUT-ELLE SE DÉBARRASSER DE MOI ? JE L'IGNORE...
SICH SICH
CAR JE N'AI RIEN FAIT DE MAL ! J'AI JUSTE...
... PENSÉ QUE LA RELATION QUI EXISTE ENTRE LA REINE ET L'UN DE SES BRAS DROITS, MONSIEUR TACHIBANA, ÉTAIT UN PEU LOUCHE.
ET EN AI PROFITÉ POUR LANCER QUELQUES MENUES RUMEURS À LEUR SUJET...
LA REINE
M. TACHIBANA
SICH SICH SICH
ET ELLE OSE DIRE QU'ELLE N'A PAS MÉRITÉ SA PEINE...

5

KAO. HIKA.

HIKARU ET KAORU HITACHIIN NÉS LE 9 JUIN

LA PROPOSITION QUI EST REVENUE LE PLUS FRÉQUEMMENT, DANS VOS LETTRES, ÉTAIT LE 6 JUIN. MAIS ON M'A FAIT REMARQUER QUE LES JUMEAUX, S'ILS SE RESSEMBLENT BEAUCOUP, N'EN SONT PAS MOINS "UN PEU DIFFÉRENTS" ; ET C'EST CE QUI M'A AMENÉE À PORTER MON CHOIX SUR LA DATE DU 9 JUIN. DEPUIS LE TOME UN, LES POINTS QUI LES DIFFÉRENCIENT SE FONT, À PETITS PAS, DE PLUS EN PLUS RECONNAISSABLES. ENFIN J'ESPÈRE.

PARENTHÈSE POUR LES LECTEURS QUI CONNAISSENT UN PEU DE JAPONAIS.

DANS LA VERSION ORIGINALE, LES JUMEAUX EMPLOIENT EN GÉNÉRAL LE TERME "BOKU" POUR PARLER D'EUX-MÊMES. MAIS, PAR MOMENT, IL ARRIVE QUE HIKARU - ET HIKARU SEULEMENT - LUI PRÉFÈRE "ORE". FIN DE LA PARENTHÈSE. RÉCEMMENT, SUR LES CONSEILS D'UNE DE MES ASSISTANTES, JE REGARDE LA SÉRIE TÉLÉ "OH! MIKEY"*. ET DEDANS, SURPRISE ! IL Y A DEUX JUMEAUX AU CARACTÈRE PARTICULIÈREMENT HORRIBLE !! (C'EST UN COMPLIMENT !) LES DIALOGUES SONT EXCELLENTS ! C'EST VRAIMENT TRÈS DRÔLE ! (DU COUP, J'AI ACHETÉ LES DVD !) QUE VOUS SOYEZ EN GÉNÉRAL FANS DE JUMEAUX OU PAS, C'EST À VOIR (SI VOUS POUVEZ VOUS LES PROCURER...) (AU FAIT, LES JUMEAUX NE SONT PAS LES PERSONNAGES PRINCIPAUX DE LA SÉRIE !)

*"OH! MIKEY" EST UNE SÉRIE DE SKETCHES TRÈS COURTS, METTANT EN SCÈNE UNE FAMILLE DE MANNEQUINS EN PLASTIQUE, ET À L'HUMOUR NOIR PLUTÔT DÉCALÉ.

HÉÉÉÉ ! TU N'AS PAS LE DROIT DE T'ENFUIR COMME ÇA !!
WHIRL
WHIRL
WHIRL
WAAAAAAH !!!
MAIS... C'EST DANGEREUX ! MON INSTINCT ME LE DIT ! CE VISAGE... CE N'EST PAS LE VISAGE DE QUELQU'UN CONTRE QUI ON PEUT SE LEVER IMPUNÉMENT !
LÂCHEZ-MOIIIII !!
"CE VISAGE"...
ALORS, TU AS DU MAL À TE RÉSIGNER, HEIN ?!!
ATTAQUE D'ÉPINES !!
!!!
KONK
RUMBLE
BOOM
VOILÀ ENFIN LA VRAIE ALICE...
OOOOOH !!
TIENS ?
KYAH KYAH
ON DIRAIT QUE JE L'AI PUREMENT ET SIMPLEMENT REMPLACÉ...
OOOH ! COMME ELLE EST JOLIE !!
S'EST COMME SI... UNE CHRYSALIDE DANS SON IGNOBLE COCON VENAIT DE SE CHANGER EN PAPILLON !!
BRAVO !!
UNE BELLE JEUNE FILLE COMME TOI NE DOIT PAS ALLER SE BATTRE CONTRE LA REINE NOIRE !
FLIRT
FLIRT
OUI ! RESTE ICI, AVEC NOUS !!
C'EST BEAUCOUP TROP DANGEREUX !
WAAAAAAH !!
EUH, OUI, PEUT-ÊTRE UN AUTRE JOUR ! LÀ, IL FAUT VRAIMENT QUE J'AILLE VOIR LA REINE !

NOUS HAÏSSONS LA REINE, MAIS NOUS SOMMES IMPUISSANTES ! NOUS NE SOMMES QUE DE SIMPLES FLEURS !
TOUT CE QUE NOUS POUVONS FAIRE, C'EST NOUS BLOTTIR LES UNES CONTRE LES AUTRES, ET ATTENDRE QUE QUELQU'UN VIENNE NOUS SAUVER...
SRAAA
OH... GRANDES SŒURS...
QUE...
QUELLE TRAGÉDIE !!
JE SERAI CELUI QUE VOUS ATTENDIEZ ! JE VAIS VOUS SAUVER !!
PARLEZ-MOI PLUS PRÉCISÉMENT DE CETTE FAMEUSE "REINE NOIRE" !!
VOICI SON PORTRAIT.
TAP TAP
HUM...
EUH... J'AI DEUX TROIS BRICOLES À RÉGLER ...
SI VOUS VOULEZ BIEN M'EXCUSER...

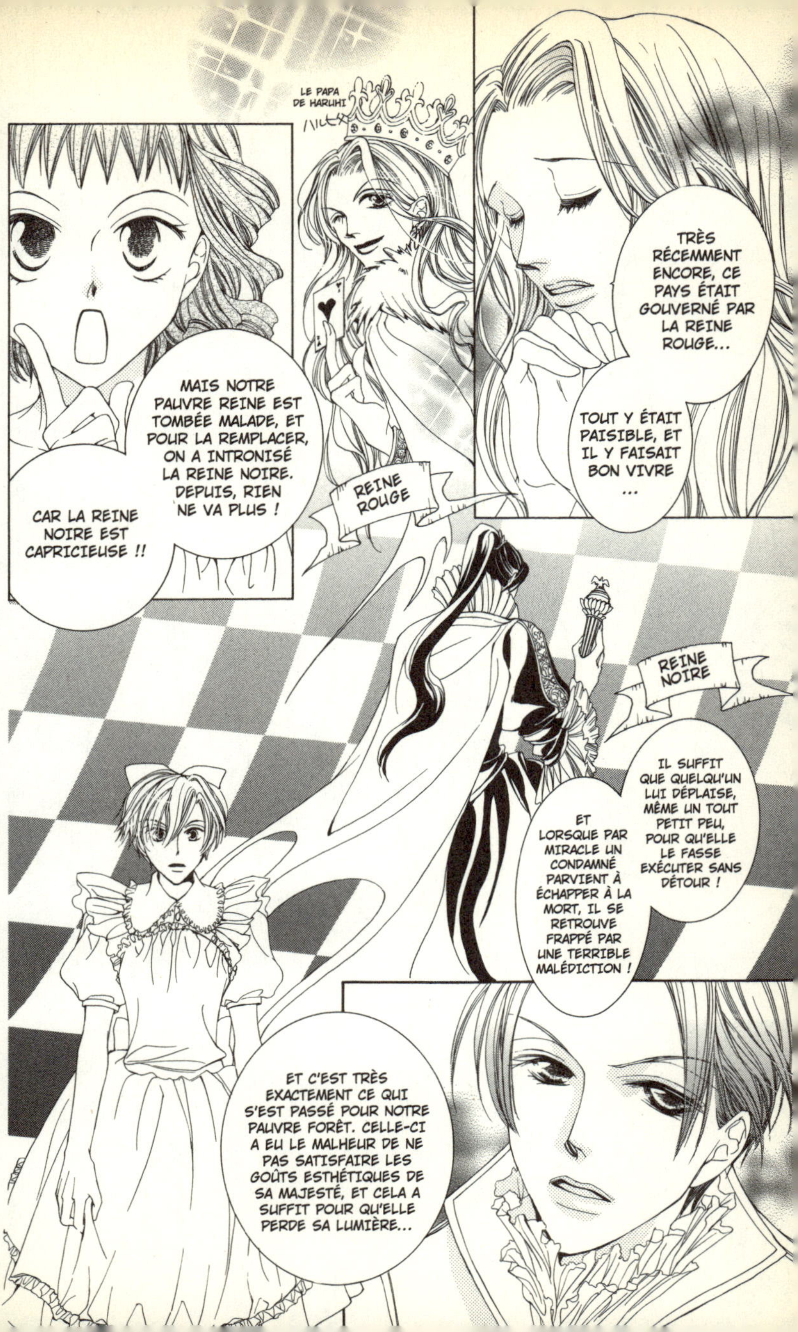
TRÈS RÉCEMMENT ENCORE, CE PAYS ÉTAIT GOUVERNÉ PAR LA REINE ROUGE...
TOUT Y ÉTAIT PAISIBLE, ET IL Y FAISAIT BON VIVRE ...
LE PAPA DE HARUHI
ハルヒ父
REINE ROUGE
MAIS NOTRE PAUVRE REINE EST TOMBÉE MALADE, ET POUR LA REMPLACER, ON A INTRONISÉ LA REINE NOIRE. DEPUIS, RIEN NE VA PLUS !
CAR LA REINE NOIRE EST CAPRICIEUSE !!
REINE NOIRE
IL SUFFIT QUE QUELQU'UN LUI DÉPLAISE, MÊME UN TOUT PETIT PEU, POUR QU'ELLE LE FASSE EXÉCUTER SANS DÉTOUR !
ET LORSQUE PAR MIRACLE UN CONDAMNÉ PARVIENT À ÉCHAPPER À LA MORT, IL SE RETROUVE FRAPPÉ PAR UNE TERRIBLE MALÉDICTION !
ET C'EST TRÈS EXACTEMENT CE QUI S'EST PASSÉ POUR NOTRE PAUVRE FORÊT. CELLE-CI A EU LE MALHEUR DE NE PAS SATISFAIRE LES GOÛTS ESTHÉTIQUES DE SA MAJESTÉ, ET CELA A SUFFIT POUR QU'ELLE PERDE SA LUMIÈRE...

JE M'APPELLE ALICE !
ET JE SUIS UN GARÇON !!
UN GARÇON ?!!!
RUMBLE
QUELLE IGNOMINIE !! TU T'ES DÉGUISÉ EN FILLE POUR VENIR POLLUER NOTRE BEAU JARDIN, C'EST ÇA ? AVOUE !!
AU SECOUUUURS !!
AAARGH
QUEL ÊTRE IMMONDE ! QUEL ÊTRE IMMONDE !!
UN SATYRE !!
WHIRL WHIRL WHIRL
WHIRL
A...
ATTENDEZ ! CALMEZ-VOUS !!
D'ABORD... C'EST ÇA QUE VOUS APPELEZ "JARDIN DE SPLENDEUR" ? PARCE QU'À MES YEUX À MOI, ÇA RESSEMBLE PLUTÔT À UNE FORÊT MAUDITE !!
PEUH...
EFFECTIVEMENT, ON NE PEUT PAS TE CONTREDIRE ...
CAR...
... CETTE FORÊT EST BEL ET BIEN FRAPPÉE PAR UNE MALÉDICTION !

REGARDEZ !
QUELLE HIDEUSE PETITE FLEUR !
ELLE A SI PEU DE CHARMES QUE L'ON A PEINE À L'IMAGINER DANS UN BOUQUET !
QU'EN PENSEZ-VOUS, GRANDES SŒURS BENIBARA ET SUZURAN ?
MADEMOISELLE PÂQUERETTE, VOYONS, UN PEU DE RETENUE !
TU ES DANS LE JARDIN DE LOBÉLIA …
C'EST UN JARDIN OÙ RÈGNE LA SPLENDEUR. SEULES LES JEUNES FILLES DONT LE PARFUM FLATTE NOS NARINES SONT AUTORISÉES À Y ENTRER !
MAIS DIS-NOUS DONC, PAUVRE PETIT VÉGÉTAL MITEUX… QUEL EST DONC LE NOM DE L'ESPÈCE À LAQUELLE TU APPARTIENS ?
ELLES SONT TOUTES PETITES…
JE…
JE NE SUIS PAS UN VÉGÉTAL !!

BON VOYAGE ! AMUSE-TOI BIEN !
FL IP
QUE ...?!!
TCHOUM
OOOOH !
UN BARON MINIATURE !! ÇA A MARCHÉ !
!!
VOU...
VOUS N'ALLEZ PAS ME LAISSER Y ALLER SEUL, QUAND MÊME ?!
BAH... SI, POURQUOI ?
ON A PLEIN D'AUTRES CHOSES À FAIRE, NOUS.
ET PUIS ON COMMENCE À SE LASSER DE CES VÊTEMENTS, ALORS...
ALLEZ, À BIENTE ! ☆
SLAM
!!
GLOOOOM
ET C'EST AINSI QUE COMMENÇA L'AVENTURE D'ALICE...
CE N'EST PAS DU TOUT CE QUE J'AVAIS IMAGINÉ...
ALICE AU PAYS DE LA FORÊT FLIPPANTE...

MAIS ON VA COMMENCER PAR FAIRE GOÛTER LE TRUC À ALICE C, QUE VOICI ! HISTOIRE DE VÉRIFIER QUE CE N'EST PAS EMPOISONNÉ !
POFF
QUE...
POURQUOI MOI ?!! FRANCHEMENT, QUELS MONSTRES VOUS FAITES, VOUS DEUX...
ALLONS, ALLONS ! C'EST POUR LES LECTEURS !
!?
OUAIP !
ON A REÇU PLEIN DE DEMANDES POUR TE VOIR HABILLÉ EN FILLE, BARON ! C'ÉTAIT L'OCCASION RÊVÉE !
GNUH ?
C'EST VRAI ?
LES LECTEURS ONT DEMANDÉ ?
IL N'EST PAS TRÈS FIN...
HUHUHUHU !
POUR VOUS, MES INTRÉPIDES JEUNES FILLES, J'AI UN SUPER CADEAU BONUS SPÉCIAAAAL !!
VOICI TROIS BELZÉNEFS : GRAND, ET PETIIIIT !!
HUHUHUHUHUUUU !
LEQUEL PRÉFÉREZ-VOUUUUS ?
FRANCHEMENT ? AUCUN DES TROIS...
HEUM...
ENFIN, PUISQU'IL FAUT CHOISIR, LE PETIT, ALORS.
ÇA PART DANS TOUS LES SENS CETTE HISTOIRE...
BON...
ET MAINTENANT...
LICK

TAP TAP TAP
... SI BIEN SÛR ON ARRIVE À TROUVER UN MOYEN DE PASSER CETTE MINUSCULE PORTE !!
SACRÉ HANI ! IL EST CAPABLE DE MODIFIER SA TAILLE À VOLONTÉ ! ÇA NE M'ÉTONNE PAS DE LUI !
RIEN DE PLUS FACIIIIIIIILE, MES AMIIIIIIIS !! IL VOUS SUFFIT DE BOIRE... CETTE POOOOOOO-TIOOOOON !!
SWING
THE POTION DE RÉTRÉCISSEMENT
T'ES QUI, TOI ?
HUHUHUHU ! JE SUIS... "N", LE MARCHAND MYSTÉ-RIEUUUUUX !!
IL Y EST, CE PERSONNAGE, NORMALEMENT, DANS ALICE ?
HUHUHUHUUUU ! VOYEZ CETTE POTIOOON ! IL VOUS SUFFIT DE LA BOIRE POUR VOIR INSTANTANÉMENT VOTRE CORPS RÉTRÉCIR !
À L'INVERSE, SI VOUS ABSORBEZ CE COOKIE, LE "COOKIE DE CROISSANCE" (JE VOUS FAIS UN PRIX SI VOUS LE PRENEZ EN MÊME TEMPS QUE LA POTION), VOUS LE VERREZ GRANDIR, GRANDIR ET GRANDIR ENCORE, TANT ET SI BIEN QUE VOUS DEVIENDREZ DES GÉANTS ! PARDON, DES GÉÉÉÉÉÉAAAAANTS !!
SACHEZ QUE, DE L'AUTRE CÔTÉ DE CETTE PORTE, IL SE PEUT ...
QUE VOUS SOYEZ CONFRONTÉS À DES COMBATS GÉNÉRÉS ALÉATOIREMENT PAR LA CONSOLE. SI J'ÉTAIS VOUS, J'ÉVITERAIS DE LA PASSER SANS ITEEEEEMS !!
HIN HIN
HMM...
BON, BAH SI TU LE DIS...

LA REINE VA ME GRONDER !
ZOOOM
BON... OÙ EN ÉTAIS-JE DÉJÀ..?
ALICE ÉTAIT UNE JEUNE FILLE FORT PEU CURIEUSE...
... CE QUI FIT QU'ELLE DÉCIDA DE NE PAS COMMETTRE L'IMPRUDENCE DE SUIVRE LE LAPIN.
FIN DE L'HISTOIRE
QUOI ? MAIS QU'EST-CE QUE C'EST QUE CETTE ESCROQUERIE ?!!
GN...
GNUH ...!!
BON. À DÉFAUT D'ALICE, ON VA COMMENCER PAR FAIRE AVANCER L'HISTOIRE AVEC "ALICES".
TOI, LÀ-BAS ! LE LAPIN À TÊTE D'ENFANT ! ATTENDS UN PEU !!!
UN LAPIN QUI PARLE... C'EST QUELQUE CHOSE DE RARE, N'EST-CE PAS, ALICE B ?
OUAIP ! VU QU'ON N'A RIEN DE MIEUX À FAIRE, ON VA JOUER À LE CAPTURER, N'EST-CE PAS, ALICE A ?
ENFIN, LE CAPTURER ...

VOUS CROYEZ VRAIMENT QU'IL EXISTE NE SERAIT-CE MÊME QU'UNE PERSONNE SUR TERRE QUI A ENVIE DE VOIR VOS SALES TÊTES EN ALICE ?!!
NON !! CE QUE LES GENS (MOI, SURTOUT) VEULENT, C'EST UNE ALICE PLUS JOLIE ET FRAGILE...
UNE ALICE COMME ÇA !! LÀ !!
EN SOMME, QUELQU'UN QUI SOIT TOUT LE CONTRAIRE DE VOUS DEUX ! CE QU'ON VEUT, C'EST UNE FILLE QUI SERAIT COMME UN ANGE, DONT SEULES LES PRUNELLES POURRAIENT RIVALISER EN PURETÉ AVEC LE CŒUR, ET QUI...
ETC. ETC.
QUEL MUFFLE !
OUI, BON, CERTES, ÇA POURRAIT LE FAIRE AUSSI. MAIS...
... SI ON CHOISIT HARUHI POUR JOUER LE RÔLE D'ALICE, ÇA IMPLIQUE AUSSI QUE ...
OH LÀ LÀ ! OH LÀ LÀ !
JE SUIS EN RETARD ! JE SUIS EN RETARD !
SPROING
GNOH LÀ LÀ !
IL EST DÉJÀ CETTE HEURE-CI ?!

... VIVAIENT DEUX JEUNES ET JOLIES SŒURS JUMELLES QUE L'ON APPELAIT "ALICES".
RATTLE RATTLE
RATTLE
TAMAKI
QU'EST-CE QUE C'EST QUE CETTE HISTOIRE ?! POURQUOI C'EST VOUS QUI FAITES ALICE ?!!
PAPA A FAILLI FAIRE UNE CRISE CARDIAQUE, AVEC VOS BÊTISES !!
HEIN ?
BAH... C'EST KYOYA, QUI NOUS A DIT QUE C'ÉTAIT LE RÔLE QUI COLLAIT LE MIEUX À NOS PERSONNAGES !
ON N'EST PAS MIGNONNES, COMME ÇA ?
PAS DU TOUT, BANDE DE TRUFFES !!

CETTE HISTOIRE DU CERCLE D'HÔTES EST UN PASTICHE D'ALICE AU PAYS DES MERVEILLES.
SÉANCE DE DISTRIBUTION DES COSTUMES.
EH BIEN ! IL FAUT CROIRE QUE L'AUTEUR EST À COURT D'IDÉES POUR SON HISTOIRE...
ET EN PLUS, JE SUIS SÛR QU'ELLE VA ME FAIRE JOUER LE RÔLE DE LA CHENILLE...
BINGO !
BAH !
FAUT DIRE QU'ON A REÇU PLEIN DE DEMANDES DE PASTICHE !
ET L'AUTEUR A PROBABLEMENT CHOISI ALICE PARCE QUE D'UNE PART, IL Y A BEAUCOUP DE PERSONNAGES, ET D'AUTRE PART, PARCE QUE C'EST UNE HISTOIRE QUE TOUT LE MONDE AIME (ELLE COMPRIS)...
ÇA LUI ÉVITAIT DE PRENDRE UN RISQUE !
TSSK TSSK
HIN HIN !
QUE VOUS ÊTES NAÏFS, BANDE D'ANDOUILLES DE BASSE CASTE !
CE QUI A DÉTERMINÉ LE CHOIX D'ALICE...
... C'EST BIEN ÉVIDEMMENT LE DÉSIR DE DESSINER SON PERSONNAGE PRINCIPAL, C'EST-À-DIRE...
HA
... HARUHI, EN TABLIER À DENTELLE !!
ÇA N'A PAS L'AIR TRÈS PRATIQUE POUR BOUGER, CE TRUC...
FLAME
FRUSH
MAINTENANT QUE TOUT LE MONDE EST PRÊT, NOUS POUVONS COMMENCER.
IL Y A BIEN LONGTEMPS...

SALLE DE RÉCEPTION - POUR LES INVITÉS. PAR FAX. NUMÉRO 2
SPECIAL THANKS TO
NARI KUSAKAWA
JE T'AIME !
BIENVENUE À LA MAISON, HATORINE !
JE SUIS UNE FAN ABSOLUE DE CE QUE FAIT NARI KUSAKAWA ; ET JE COURS APRÈS TOUT, ABSOLUMENT TOUT CE QUI EST EN RAPPORT DIRECT AVEC SON TRAVAIL, QUE CE SOIT DESSINS OU PRODUITS DÉRIVÉS. RIEN QUE D'Y PENSER, J'EN TREMBLE...
NARI EST UNE FILLE DE PETITE TAILLE, ET TRÈS MIGNONNE... JE NE SAIS PAS POURQUOI, MAIS JE TROUVE QUE CE PETIT CROQUIS LUI RESSEMBLE ÉNORMÉMENT !
DAME BISCO / PETITE NARI
MOI, QUAND JE MANGE DU RAMEN DE PROLÉTAIRE, EN GÉNÉRAL, J'OPTE POUR CETTE MARQUE-LÀ !
VERT...
DOMBE*
ET JE LES PRÉFÉRAIS AVANT...
*MARQUE DE NOUILLES INSTANTANÉES.
PAR NARI KUSAKAWA
ELLE ÉCRIT BIEN !

DRINK ME

CHAPITRE 15

SALLE DE RÉCEPTION - POUR LES INVITÉS PAR FAX.
NUMÉRO 1

SPECIAL THANKS TO MEKA TANAKA

MEKA, TU M'AS GRATIFIÉE D'UN DESSIN DU BARON, EN ENCORE PLUS RIDICULE QUE D'HABITUDE ! JE SUIS VRAIMENT HEUREUSE D'ÊTRE DEVENUE MANGAKA ! PARCE QUE ÇA M'A PERMIS DE DEVENIR AMIE AVEC TOI (NON, PAS "TOI TAMAKI", "TOI MEKA" !!), QUI ES À MON SENS UNE AUTEUR VRAIMENT FORMIDABLE ! POUR LES LECTEURS, CE FAX A UNE HISTOIRE. UN JOUR, NOUS ÉTIONS, NARI KUSAKAWA ET MOI, CHEZ MEKA, À NOUS AMUSER ; MAIS J'AI DÛ RENTRER TÔT, POUR TRAVAILLER. LES DEUX AUTRES ONT CALCULÉ LE TEMPS QU'IL ME FALLAIT POUR ARRIVER CHEZ MOI, ET, PENDANT QUE JE FAISAIS LE CHEMIN (EN PLEURANT D'AVOIR DÛ LES QUITTER), ELLES ME L'ONT ENVOYÉ. J'AI PLEURÉ DE PLUS BELLE EN LE DÉCOUVRANT, CHEZ MOI !! IL PARAÎT QUE "DISCO" EST LE NOM D'UNE USURPATRICE QUI VEUT PRENDRE MA PLACE... "DISCO KATORI".

3

TAMAKI SUO
NÉ LE 8 AVRIL

⇩

J'AI CHOISI LE 8 AVRIL PARCE QU'IL PARAÎT QUE C'EST LA DATE DE NAISSANCE DU BOUDDHA HISTORIQUE, SHAKYAMUNI. JE NE SAIS PAS TROP POURQUOI ; J'AI JUSTE PENSÉ "HUM, J'AIME BIEN CETTE DATE". POUR ÊTRE TOUT À FAIT HONNÊTE, JE DOIS VOUS AVOUER QUE CE N'EST PAS LA DATE QUI AVAIT REÇU LE PLUS DE SUFFRAGES AUPRÈS DE VOUS, LECTEURS. LA PLUPART DES COURRIERS QUE VOUS M'AVEZ ENVOYÉS, EN EFFET, PRÉCONISAIENT LE 1ER AVRIL, MAIS BON... (HAHA) JE COMPRENDS VOTRE SENTIMENT...
J'AI DÉCIDÉ DE SON NOM, "SUO", COMME ÇA, AU FEELING, MAIS APRÈS COUP, J'AI REÇU UNE LETTRE INTÉRESSANTE DANS LAQUELLE L'UNE D'ENTRE VOUS ME FAISAIT REMARQUER QUE LES CARACTÈRES QUI COMPOSENT CE PATRONYME POUVAIENT ÊTRE INTERPRÉTÉS COMME SIGNIFIANT "ROI À TOUT PRIX". ÇA LE FAIT !! "TAMAKI SUO"... EN FAIT, CE NOM, JE L'AIME BIEN !! TAMAKI - DONT LA TRANSFORMATION EN CRÉTIN COMPLET NE CESSE DE PROGRESSER - EST, DÈS L'ORIGINE, TYPIQUEMENT LE GENRE DE PERSONNAGE QUI DÉPLAÎT AUX LECTEURS QUI SONT FANS DES JUMEAUX. MAIS IL FAUT CROIRE QUE ÇA NE CESSE D'EMPIRER : L'AUTRE JOUR, ON M'A DIT : "TAMAKI, JE LE DÉTESTE ! FAUT QU'IL ARRÊTE DE SE COLLER TOUT LE TEMPS À HARUHI COMME ÇA !!" HÉHÉHÉ...
C'EST CHAUD POUR LUI !! COURAGE, TAMAKI !! (HUM, ENFIN, COURAGE, BISCO, DONC...)

4

KYOYA OOTORI
NÉ LE 22 NOVEMBRE

⇩

C'EST LE "JOUR DU COUPLE"... DÉSOLÉE (HAHAHA). LA PLUPART DE VOS LETTRES SOUTENAIENT LA CANDIDATURE DU 3 NOVEMBRE (JOUR DE LA CULTURE), MAIS... JE NE SAIS PAS. JE N'ÉTAIS PAS VRAIMENT CONVAINCUE ; ET PUIS SURTOUT, IL Y AVAIT CE "JOUR DU COUPLE" !! ÇA ME FAISAIT PLUS RIRE, ET DU COUP, C'EST CELUI-LÀ QUE J'AI RETENU (HAHAHA)...
ET PUIS C'EST PLUS DIFFICILE À OUBLIER ! KYOYA ÉTAIT, SEMBLE-T-IL, LE PERSONNAGE QUE BEAUCOUP D'ENTRE VOUS PRÉFÉRAIENT SECRÈTEMENT. MAIS AVEC L'ÉPISODE DE LA PLAGE, SA COTE DE POPULARITÉ A ÉTÉ VÉRITABLEMENT PROPULSÉE VERS LE HAUT !! C'EST UNE BONNE CHOSE, MERCI À TOUS.
AU FAIT, COMBIEN D'ENTRE VOUS SAVENT QUE KYOYA EST APPARU SANS LUNETTES LA PREMIÈRE FOIS DANS UNE PUB, DANS LE MAGAZINE ? (HAHAHA) JE M'ÉTAIS DIT, À L'ÉPOQUE, QUE LE MONTRER POUR LA PREMIÈRE FOIS À VISAGE DÉCOUVERT DE CETTE FAÇON, ÉTAIT CHOSE RARE DANS D'AUTRES MANGAS. ET QUE DONC, C'ÉTAIT BIEN. MAIS JE N'AURAIS PAS DÛ CHOISIR DE FAIRE UNE COLORISATION À LA MAIN, C'ÉTAIT UN PEU MOYEN...

IL ME SEMBLE QUE TAMAKI EST LE GENRE DE PERSONNAGE QUI EST APPRÉCIÉ PAR LES FILLES PLUS ÂGÉES QUE LUI...

... EN DÉDOMMAGEMENT DE CE QUE L'ON NE PEUT Y RÉPONDRE FAVORABLEMENT...
... UNE ROSE. C'EST LE MOINS QUE L'ON PUISSE FAIRE.
LE LENDEMAIN
THUNK
GUÉRI DE SA CARIE, HANI A REÇU UNE MONTAGNE DE CHOCOLATS DE LA PART DES CLIENTES.
FÉLICITA-TIONS
POUR HANI
TIENS
CE SONT DES CHOCOLATS. JE LES AI FAITS POUR TOI, POUR FÊTER TA GUÉRISON.
QUOI ?!
MAIS... MAIS...
ET MOI ?!

... POUR CETTE ANNÉE, NOUS AVONS UNE SOLUTION !!
C'EST UNE SAINT-VALENTIN À L'OCCIDENTALE !
EN REMERCIEMENT DE L'AMOUR DES CLIENTES...
... UN SOURIRE. LE PLUS EXCEPTIONNEL D'ENTRE EUX.
ET AVEC LUI...

... ENFIN, C'EST CE QU'IL SEMBLE, HANI.
ALORS, QU'EST-CE QUE TU DÉCIDES ?
SNIF
OUIIIIIIN !!
TAKASHIIIII ! DÉSOLÉÉÉÉÉÉ !
OUIIIIIIIIIIIIIIIN
JE N'OUBLIERAI PLUS JAMAIS DE ME BROSSER LES DENTS ! JE TE LE PROMETS !!
PAF
PAF
NOOOON ?! NE ME DIS PAS QUE... BARON ? TU AVAIS COMPRIS CE QUI SE PASSAIT ?!
T'ABUSES, T'AURAIS PU NOUS METTRE AU COURANT !
MAIS OUI, ALLEZ.
BON, MAINTENANT, TOUT LE MONDE AU TRAVAIL ! ON A UNE SAINT-VALENTIN À PRÉPARER !!
QU ...
QU ...
QUOI ?!
MAIS ? QU'EST-CE QUE TU RACONTES ?! APRÈS CE QU'ON A DIT, PERSONNE N'AURA DE CHOCOLATS POUR NOUS !! C'EST DEMAIN, LE 14 !!
HÉHÉ !!
EH BIEN, VOUS L'AVEZ DÉJÀ OUBLIÉ ? JE SUIS UN GENTILHOMME FRANÇAIS !
CE QUI SIGNIFIE QUE...

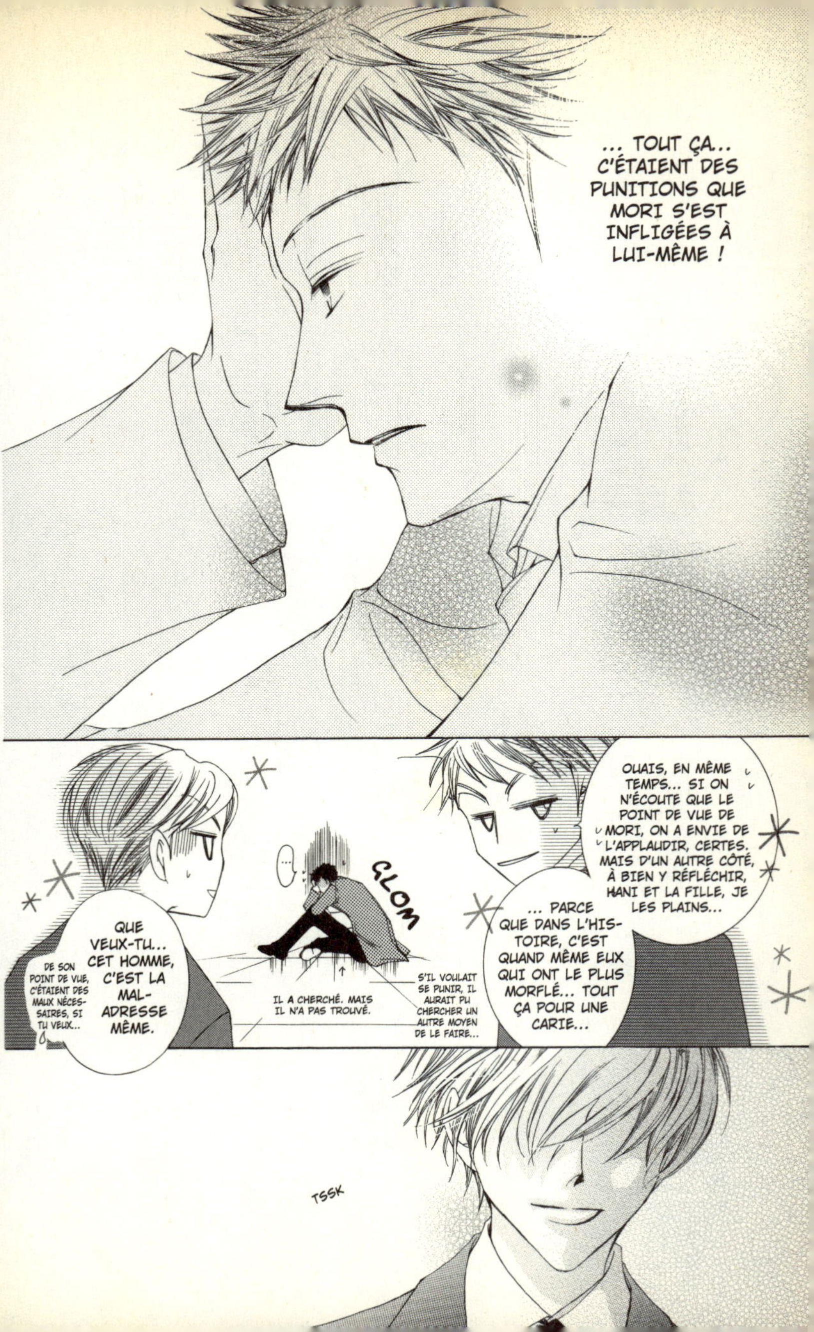
... TOUT ÇA... C'ÉTAIENT DES PUNITIONS QUE MORI S'EST INFLIGÉES À LUI-MÊME !
OUAIS, EN MÊME TEMPS... SI ON N'ÉCOUTE QUE LE POINT DE VUE DE MORI, ON A ENVIE DE L'APPLAUDIR, CERTES. MAIS D'UN AUTRE CÔTÉ, À BIEN Y RÉFLÉCHIR, HANI ET LA FILLE, JE LES PLAINS...
... PARCE QUE DANS L'HISTOIRE, C'EST QUAND MÊME EUX QUI ONT LE PLUS MORFLÉ... TOUT ÇA POUR UNE CARIE...
S'IL VOULAIT SE PUNIR, IL AURAIT PU CHERCHER UN AUTRE MOYEN DE LE FAIRE...
IL A CHERCHÉ. MAIS IL N'A PAS TROUVÉ.
GLOM
...
QUE VEUX-TU... CET HOMME, C'EST LA MAL-ADRESSE MÊME.
DE SON POINT DE VUE, C'ÉTAIENT DES MAUX NÉCES-SAIRES, SI TU VEUX...
TSSK

*ICI, IL EST QUESTION DE "RISSHUN", L'ÉQUINOXE DE PRINTEMPS DE L'ANCIEN CALENDRIER JAPONAIS. JOUR OÙ LE SOLEIL EST À 315 DEGRÉS DE LONGITUDE CÉLESTE, ET QUI MARQUAIT LE DÉBUT DU PRINTEMPS, LEQUEL DURAIT JUSQU À "RIKKA", LE DÉBUT DE L'ÉTÉ (6 MAI).
**SETSUBUN DÉSIGNE DE FAÇON GLOBALE LE NOM DES JOURS QUI PRÉCÈDENT CEUX DES CHANGEMENTS DE SAISONS (RISSHUN, RIKKA, RISSHU, RITTO ; VOIR NOTE PRÉCÉDENTE), DANS L'ANCIEN CALENDRIER JAPONAIS. MAIS EN RÈGLE GÉNÉRALE, ON L'UTILISE PLUS PARTICULIÈREMENT POUR PARLER DU 3 FÉVRIER (JOUR QUI PRÉCÈDE RISSHUN, LE PRINTEMPS).
***"KASUGA" S'ÉCRIT, EN EFFET, AUSSI AVEC LES CARACTÈRES DE "JOUR DE PRINTEMPS". À NOTER : DANS LA VERSION ORIGINALE DE HOST CLUB, LE PRÉNOM DE HARUHI N'EST PAS ÉCRIT EN KANJIS, MAIS EN KATAKANAS.

HARUHI FUJIOKA

NÉE LE 4 FÉVRIER

JE CROIS QUE LE PLUS GRAND NOMBRE DES LETTRES QUE J'AI REÇUES LA CONCERNAIT. "ÉQUINOXE DE PRINTEMPS = HARUHI*". ÇA M'A CONVAINCUE. LA PLUPART DES AUTRES PROPOSITIONS TOURNAIENT AUTOUR DE SETSUBUN**, OU DE JOURS QUI SONT EN RAPPORT AVEC DES NOMS DE FLEURS. MERCI POUR TOUTES VOS PROPOSITIONS !

LORSQUE J'AI IMAGINÉ LE PERSONNAGE DE HARUHI, AU DÉBUT, JE PENSAIS ÉCRIRE SON NOM AVEC DES CARACTÈRES QUI SIGNIFIENT "SOLEIL LOINTAIN". MAIS DEPUIS, EN QUATRE VOLUMES DE HOST CLUB, J'AI CHANGÉ D'OPINION, ET JE TROUVE APRÈS COUP QUE LES CARACTÈRES QUI SIGNIFIENT "JOUR DE PRINTEMPS" LUI CONVIENNENT MIEUX. (MÊME SI, DU COUP, ÇA FAIT UN PEU DOUBLON AVEC LE PERSONNAGE DE MADEMOISELLE KASUGAZAKI, DE L'HISTOIRE DE NOËL***). EN PASSANT, "HARUHI" S'ÉCRIT EN KATAKANAS CAR LES NOMS ET PRÉNOMS DES AUTRES MEMBRES DU CERCLE SONT TOUS EN CARACTÈRES UN PEU RONFLANTS. UN DES RESPONSABLES DE LA RÉDAC SOUHAITAIT QU'UN PERSONNAGE AIT UN NOM FACILE À ÉCRIRE, ET C'EST ELLE QUE J'AI CHOISIE.

LA MAISON DES FUJIOKA A POUR MODÈLE L'APPARTEMENT DANS LEQUEL J'HABITAIS ET QUE J'AI QUITTÉ RÉCEMMENT (HAHA). IL Y A JUSTE LA CUISINE QUI ÉTAIT UN PEU PLUS GRANDE. LA PIÈCE AVEC LES TATAMIS, ELLE, EST QUASIMENT EXACTEMENT LA MÊME.

... OUI... SI VOUS POUVIEZ SIMPLEMENT ACCEPTER CE PETIT CADEAU, JE... J'ABANDONNERAIS L'IDÉE DE... DE...
JE NE PEUX PAS FAIRE ÇA.
J'IMAGINE QUE LE BARON DOIT ÊTRE UN PEU DÉÇU, LUI...
LUI, ET AUSSI ...
... LES FANS DE MORI !!
LES FANS DE MORI SONT, POUR LA PLUPART, DES FILLES TIMIDES ...
... QUI, EN PLUS, SONT GÉNÉRALEMENT VRAIMENT ET SÉRIEUSEMENT AMOUREUSES DE LUI !

IL ME FALLAIT BIEN AU MOINS ME FAIRE VIOLEMMENT METTRE À TERRE PAR HANI POUR ME SENTIR MIEUX.
ET LE FAIT QUE TU AIES REFUSÉ LE CADEAU DE CETTE FILLE HIER...
ÇA AUSSI C'ÉTAIT UNE FAÇON D'ESSAYER DE "RACHETER TA FAUTE" ?
...
BIEN SÛR, JE SAIS PARFAITEMENT QUE VOUS AVEZ DÉCIDÉ DE NE PAS ORGANISER D'ÉVÉNEMENT SPÉCIAL POUR LA SAINT-VALENTIN, CETTE ANNÉE...
... MAIS MALGRÉ CELA, JE... JE TENAIS ABSOLUMENT À... À CE QUE VOUS ACCEPTIEZ DE RECEVOIR LES CHOCOLATS QUE JE VAIS VOUS DONNER, MONSIEUR MORINOZUKA ...
JE NE VOUS DEMANDE PAS DE RÉPONDRE À MES SENTIMENTS... MAIS... SI VOUS POUVIEZ SIMPLEMENT ACCEPTER CE PETIT CADEAU...

J'AI ÉTÉ NÉGLIGENT, ET C'EST CE QUI A PROVOQUÉ CETTE CARIE.
DEUX FOIS... DEUX FOIS, J'AI OUBLIÉ DE LUI FAIRE BROSSER SES DENTS AVANT LA SIESTE.
RÉCEMMENT...
HE... HEIN ?!!
MAIS... MORI ! TU N'ES PAS RESPONSABLE DE...
... ÇA ?!!
...
GLOM
QUELLE CATASTROPHE ! SI JAMAIS... SI JAMAIS ON DEVAIT LUI FAIRE POSER UN DENTIER, JE ...
EUH, NON, LÀ, PAS DE RISQUE...
JE NE LE SAVAIS PAS SI PESSIMISTE...

ET SI C'ÉTAIT EXPRÈS ...?
HEIN ?
QU'EST-CE QUE TU DIS ?
CE N'EST QU'UNE HYPOTHÈSE, MAIS...
... ET SI MORI AVAIT FAIT EXPRÈS DE SE FAIRE DÉTESTER PAR HANI ?
NE DIS PAS N'IMPORTE QUOI !
POUR MORI, SE FAIRE DÉTESTER DE HANI, C'EST PIRE QUE LA FIN DU MONDE !!
QU'EST-CE QUI TE FAIT PENSER QUE...
HMMMM...
EH BIEN... SI, PAR EXEMPLE, POUR UNE RAISON OU POUR UNE AUTRE, MORI S'ÉTAIT PERSUADÉ QUE LA CARIE DE HANI ÉTAIT APPARUE PAR SA FAUTE...
ELLE EST APPARUE PAR MA FAUTE.

... JE TE DÉTESTE !!!
WAAAAH
ZOOM
AH...
HANI ! ATTENDS !
MO... MORI...?
ÇA VA ?
...
WHUP
AH !
CLANK
CLANK
CLANK
IL EST DANS UN SALE ÉTAT...
MAIS ENFIN... ON N'Y PEUT RIEN...
C'EST LUI QUI L'A CHERCHÉ, EN UN SENS...
JE TE DÉTESTE !
JE TE DÉTES-TE !
JE TE DÉTESTE !
JE TE DÉTESTE !
JE TE DÉTESTE !
OUAIP. S'IL NE VOULAIT PAS QUE ÇA FINISSE COMME ÇA, IL N'AVAIT QU'À PAS SE COMPORTER DE FAÇON À CE QUE ÇA ARRIVE... PARCE QUE ÇA POUVAIT SE DEVINER, QUE HANI FINIRAIT PAR LUI DIRE ÇA. À FORCE...
CERTES, C'ÉTAIT POUR LUI QUE MORI FAISAIT TOUT ÇA, MAIS...

WHAM
ESPÈCE D'IMBÉCILE !!!
QU...
JE NE DEMANDE PAS GRAND-CHOSE ! JUSTE UNE OU DEUX FRIANDISES ! UNE OU DEUX !!
PINGRE ! VOLEUR ! MONSTRE OBSTINÉ ! CHAUVE !!
CH... CHAUVE ...?!!
TAKASHI, VRAIMENT...

FLIPPE
FLIPPE
TAMAKI
SHUF
HA... HANI...?
AÏIIIIEUH
GNAP
THUD
THUD
OH NON ! IL EST EN TRAIN DE RENDRE SON DERNIER SOUFFLE !!
IL LUI AURA FALLU TROIS JOURS. JE N'AURAIS PAS CRU QU'IL TIENDRAIT SI LONGTEMPS !
QUEL MONSTRE.
KYAAAH
KYAAAH
KYAAAH
KYAAAH
TOC
MITSU-KUNI...
JE COMPRENDS TON IRRITA-TION, MAIS CE N'EST PAS UNE RAISON POUR T'EN PRENDRE AUX GENS, NI AUX CHOSES.
C'EST DÉSHONO-RANT.
TAKASHI ...
ZING

2/13
DAAAANG DOOONG
DIIING DOOONG
TROISIÈME JOUR D'ABSTINENCE
GRRRRR
JOUR DE MEETING.
IL FAUT QUE QUELQU'UN SE DÉVOUE POUR ALLER LUI PARLER !
IL ME FAIT PEUR, LÀ...
SILENCE PESANT
GRRR GRRR
TUNK
ATTENTION !
IL S'ATTAQUE À L'ARMOIRE À SUCRERIES !!
PAS D'INQUIÉTUDE ! J'AI PRIS LA PRÉCAUTION DE LA FAIRE VIDER !!
JE N'AURAIS JAMAIS CRU POUVOIR UN JOUR OBSERVER RÉELLEMENT LE "DARK MODE" DE HANI DE MES PROPRES YEUX...
GRRR GRRR GRRR GRRR
QUELQU'UN VA CHERCHER RENGE...
ÇA LUI FERAIT PROBABLEMENT PLAISIR.
GRRR
TOURNE TOURNE
AAAAAAAAH !!
MON NOUNOURS !!
WH
BAROM ! RETIENS-TOI !!

...
HARU... DIS-MOI... EST-CE QUE JE SUIS UN VILAIN GARÇON ?
HANI...
EST...
GRAB
EST-CE QUE J'AI FAIT QUELQUE CHOSE DE MAL POUR QUE DIEU ME PUNISSE COMME ÇA ?
TACTIQUE NUMÉRO TROIS : "JE SUIS TRISTE... SI TRISTE... VOIS MES LARMES COMME ELLES SONT AMÈRES".
...
ALLEZ, VA. J'AI COMPRIS. MAIS JUSTE UN, D'ACCORD ?
FRUSH
!!
QUE ?!
HARUHI ! NON !!
TIENS.
ÇA RESSEMBLE AU CHOCOLAT, NON ? ENFIN, ÇA EN A LA COULEUR, DISONS !
FRUSH
HANI S'EST TROMPÉ DE CIBLE.
*IL S'AGIT D'UNE FRIANDISE À BASE DE KOMBU (UNE VARIÉTÉ D'ALGUE ALIMENTAIRE), QUI N'A RIEN DE SUCRÉ, MAIS EST PLUTÔT ACIDE. PLUTÔT POPULAIRE.

BLINK
GULP
TACTIQUE NUMÉRO DEUX : "J'IRAI PAR QUATRE CHEMINS", DITE AUSSI "TECHNIQUE DE L'ALLUSION PERFIDE".
QU'EST-CE QUE VOUS BUVEZ ?
DU...
DU DARJEELING, HANI...
HOOOO...
ET QU'EST-CE QUE VOUS MANGEZ ?
DES...
DES SANDWICHES, HANI...
HOOON...
LES CLIENTES, POUR COOPÉRER AVEC LE CERCLE, ONT DÉCIDÉ DE NE PAS MANGER DE GÂTEAUX EN BUVANT LEUR THÉ, MAIS DE PRENDRE DES SANDWICHES À LA PLACE.
MOI, À MON AVIS, LE THÉ, C'EST MEILLEUR AVEC DES GÂTEAUX. DES GÂTEAUX TRÈÈÈÈÈÈS SUCRÉS !!
TRÈÈÈÈÈÈS SUCRÉS !!
(VOUS N'EN MANGEZ PAS ?)
SMILE SMILE SMILE SMILE SMILE
HIHIHIHIHI
HIHIHIH
EU...
EUH... CERTES, HANI... CERTES...
TU AS RAISON...
WAAAAAH
!!
DÉSOLÉÉÉÉÉES !! IL FAUT QUE NOUS Y ALLIONS !!

2/12
DEUXIÈME JOUR D'ABSTINENCE
MISSION "JE VEUX DES SUCRERIES, ET J'EN AURAI". TACTIQUE NUMÉRO UN.
"REGARDEZ ! REGARDEZ COMME JE SUIS MIGNON ! ALORS DONNEZ-MOI DES BONBONS !"
TAAAAAAAKA-SHIIIII !!!
MA CARIE EST GUÉRIE ! COMPLÈTEMENT GUÉRIE !!
AH BON.
MA GENCIVE N'EST MÊME PLUS ENFLÉE !! JE TE PROMETS !
AH BON.
OUI !! ALORS JE PEUX AVOIR UNE SUCRERIE ? JUSTE UNE !!
ALLEEEEEEZ ! STEU-PLAIIIIIIIT !
MITSUKUNI...
ZIP
PP
PO
CLIC
GLACE
LA GUÉRISON COMPLÈTE N'EST VISIBLEMENT PAS POUR TOUT DE SUITE...

TAP TAP
OH NON ! JE SUIS ENCORE EN RETARD !!
LE CHEMIN LE PLUS COURT POUR ALLER AU BÂTIMENT SUD, IL ME SEMBLE BIEN QUE C'EST EN PASSANT PAR LE JARDIN CENTRAL …
BIEN SÛR, JE SAIS PARFAITEMENT QUE VOUS AVEZ DÉCIDÉ DE NE PAS ORGANISER D'ÉVÉNEMENT SPÉCIAL POUR LA SAINT-VALENTIN, CETTE ANNÉE…
… MAIS …
COMME ELLE N'EST PAS PARTICULIÈREMENT ENTHOUSIASMÉE PAR LE CERCLE, ELLE EST SOUVENT EN RETARD.
… MALGRÉ CELA, JE… JE TENAIS ABSOLUMENT À..

SHINE SHINE
SHINE SHINE
À L'ORIGINE, FAIRE OFFRIR DES CADEAUX AUX FILLES, ÇA MANQUE INDUBITABLEMENT DE CLASSE ! NOUS SOMMES DES GENTLEMEN, MESSIEURS !!
FAUT-IL VOUS RAPPELER QU'EN OCCIDENT, ET NOTAMMENT DANS MON PAYS, LA FRANCE, CE SONT LES HOMMES QUI, COURTOISEMENT, OFFRENT DES BOUQUETS DE FLEURS AUX DAMES !!
ET EN TANT QU'HÉRITIER D'UNE NOBLE FAMILLE FRANÇAISE, IL EST DE MON DEVOIR DE FAIRE HONNEUR À MES ANCÊTRES BLABLABLI BLABLABLA...
CLAP CLAP CLAP
IMPRESSIONNANT ! TOUT BONNEMENT IMPRESSIONNANT ! ÇA N'A PLUS RIEN À VOIR AVEC CE QUE TU DISAIS À HARUHI À L'ORIGINE !!
POUVOIR SUPPORTER LE PARADOXE COMME ÇA... C'EST UN VRAI DON CHEZ TOI !!
BAH JUSTEMENT, IL ESSAIE PEUT-ÊTRE SIMPLEMENT DE TROUVER UN MOYEN DE LÉGITIMER DANS SA TÊTE LE FAIT QU'IL NE RECEVRA PAS DE CHOCOLAT DE LA PART DE HARUHI...
HAHAHA !
DE TOUTE FAÇON...
WAOUH !
EN PLEIN DANS LE MILLE !
AU FAIT, EN PARLANT DE HARUHI, TU SAIS OÙ ELLE EST ?
ELLE A DIT QU'ELLE DEVAIT PASSER À LA BIBLIOTHÈQUE...
ENCORE ?
ENFIN, QUOI QU'IL EN SOIT...
... FAITES BIEN ATTENTION, VOUS DEUX AUSSI.
QUOI QU'IL ARRIVE, QUOI QUE HANI VOUS DISE ET QUOI QU'IL FASSE, NE LUI DONNEZ RIEN QUI CONTIENNE DU SUCRE !!
SMILE
ET C'EST UN ORDRE QUI NOUS VIENT DIRECTEMENT DE MORI !
PAS DE MOI.
TOUT ÇA A L'AIR DE BIEN L'AMUSER, KYOYA...
BAH, IL EST JUSTE CONTENT PARCE QUE TOUT CE QUE HANI NE DÉPENSE PAS EN SUCRERIES FAIT AUTANT D'ÉCONOMIES...
À TOUS LES COUPS...

SALLE DE MUSIQUE NUMÉRO 3
AH, MONSIEUR TAMAKI... COMME TOUT CELA EST DOMMAGE...
J'AURAIS TANT VOULU QUE VOUS PUISSIEZ MANGER LES CHOCOLATS QUE JE VOUS AVAIS FAIT PRÉPARER SPÉCIALEMENT PAR LE PÂTISSIER DE MES PARENTS... "PAS DE SAINT-VALENTIN"...
ALLONS, MA PRINCESSE... NE SOIS PAS TRISTE ! FINALEMENT, C'EST PEUT-ÊTRE MIEUX AINSI...
... CAR IL NE FAIT PAS DE DOUTE QUE, FACE À LA CHALEUR DE MON AMOUR POUR TOI, CES CHOCOLATS, QUELQUE SPÉCIAUX QU'ILS SOIENT, AURAIENT FONDU DEVANT MOI...
ET DE TOUTE FAÇON, NOUS N'AVONS PAS BESOIN DE MATÉRIALISER NOS PROMESSES SOUS QUELQUE FORME QUE CE SOIT !!
OH... MONSIEUR TAMAKI...
MOUAIS... NOUS, ÇA NOUS INQUIÈTE, QUAND MÊME...
BRAVO POUR CETTE PETITE SCÈNE, BARON ! BELLE INTERPRÉTATION, UNE FOIS DE PLUS !
ET SANS TRANSITION, EN PLUS !
PAF
PEUH !
NE SOYEZ PAS BÊTES ! VOUS SAVEZ POURTANT AUSSI BIEN QUE MOI QUE NOTRE PRIORITÉ ABSOLUE EST, ET DOIT RESTER EN TOUTES CIRCONSTANCES, LE SOURIRE DE NOS CLIENTES !!
ALORS NE VENEZ PAS ME PARLER "D'INTERPRÉTATION" !

TOUT DE MÊME, J'ADMIRE LA FERMETÉ DE MORI !
JE SUIS SURPRIS !
JUSQU'ICI, J'AVAIS TOUJOURS CRU QU'IL S'INTERDISAIT TOUTE FORME DE COMPORTEMENT QUI POURRAIT METTRE HANI DANS UNE POSTURE DÉSAGRÉABLE...
QUAND JE PENSE QUE C'EST LUI QUI A FAIT PRENDRE SA DÉCISION AU BARON ...
MAIS AU FAIT, VOUS, HIKARU ET KAORU, ÇA NE VOUS POSE PAS DE PROBLÈME QU'ON N'AIT PAS DE SAINT-VALENTIN AU CERCLE, CETTE ANNÉE ?
RECEVOIR DES CHOCOLATS, C'EST "LE PLUS GRAND DES HONNEURS", POURTANT, NON ?
TU AS ESSAYÉ D'IMAGINER CE QUI SE PASSERAIT SI ON DÉCIDAIT DE RECEVOIR NOS CHOCOLATS **SANS** HANI ?! IL VAUT MIEUX QU'ON N'AIT PAS DE SAINT-VALENTIN DU TOUT : À ÇA, AU MOINS, ON Y SURVIVRA !
T'ES FOLLE OU QUOI !
ET PUIS DE TOUTE FAÇON, LA SAINT-VALENTIN, NOUS, À L'ORIGINE... VU QU'APRÈS IL FAUT RENDRE LES CADEAUX ...
ET EN PLUS, CHAQUE ANNÉE, POUR RAMENER TOUS LES CHOCOLATS QU'ON REÇOIT JUSQU'À CHEZ NOUS, ON EST OBLIGÉS DE FAIRE VENIR PLUSIEURS VOITURES, ALORS...
EXPLICATION DE GARÇONS QUI ONT BEAUCOUP DE SUCCÈS ...
GWAAAH ! T'AS ENTENDU ÇA ? CES DEUX-LÀ... GRRRRR !!
CHUIS SÛR QU'ILS LE FONT EXPRÈS POUR NOUS FAIRE RAGER !!
OH... AH BON...
PAS COOL...
ENFIN...
... CELA DIT, J'IMAGINE QUE LE BARON DOIT ÊTRE UN PEU DÉÇU, LUI...
LUI, ET AUSSI...
?

FLAP
SI TU AS BESOIN DE "REGARDER", TIENS. JE TE DONNE CECI.
LES VRAIS, JE LES GARDE.
C'EST UNE PUB QUE HARUHI LUI AVAIT DONNÉE.
おかし半額☆
SIGH
COMME C'EST DOMMAGE... DIRE QUE J'AVAIS PRÉPARÉ TOUS CES CHOCOLATS POUR HANI...
SI ÇA PEUT TE DÉBARRASSER !
OH !
EH BIEN... JE VEUX BIEN LES MANGER À SA PLACE ALORS ! J'AIME LES SUCRERIES !
AH, VRAIMENT ? TU FERAIS ÇA POUR MOI ?
ARRRRRRR-RRRGH !!
IL S'ENFONCE ENCORE PLUS PROFONDÉMENT DANS SON ABÎME.
HAAAAA !
ÇA, ÇA A DÛ ÊTRE PARTICULIÈREMENT PÉNIBLE À ENTENDRE !
LE PAUVRE !
LES SECONDES, QUI SONT VENUS VOIR COMMENT HANI ALLAIT.

BLA
PAUVRE HANI... COMME IL DOIT SOUFFRIR !
QUEL CHOC ÉPOUVANTABLE CELA DOIT ÊTRE POUR LUI !
"PAS DE SAINT-VALENTIN POUR LE CERCLE D'HÔTES"...
CELA DIT... ÉTANT DONNÉ LES CIRCONSTANCES, JE SAIS QUE C'EST INCONVENANT MAIS... REGARDEZ-LE...
... ON DIRAIT UN JOLI PETIT LAPIN !!
QU'IL EST MIGNON !!
WAAAAAAH
MITSUKUNI... DONNE-MOI TON SAC...
JE PEUX LE PORTER TOUT SEUL.
NON, CE N'EST PAS ÇA. JE VEUX VÉRIFIER QUELQUE CHOSE.
PLOUP
RUSTLE RUSTLE RUSTLE
CHOCOLAT
BONBON
CHEWING-GUM
CHOCOLAT
BONBON
BONBON
...
C'EST...
C'EST JUSTE POUR REGARDER !
PAS POUR MANGER !
AH BON.

OUIIIIIIN !!!!
ET C'EST AINSI, Ô CRUEL DESTIN...
À L'ATTENTION DE TOUTES NOS CLIENTES
ANNONCE CONCERNANT LA DÉCISION, PRISE À L'UNANIMITÉ MOINS UNE VOIX, DE NE PAS ORGANISER D'ÉVÈNEMENT POUR LA SAINT-VALENTIN AU CERCLE D'HÔTES CETTE ANNÉE.
... QUE COMENÇA LE CALVAIRE DE HANI.
DIIING DOOONG
DAAANG DOOONG
BONJOUUURR !!
2/11
PUFF
PREMIER JOUR D'ABSTINENCE

EH BIEN...
HANI, EN ATTENDANT QUE TA CARIE SOIT GUÉRIE, IL VA FALLOIR QUE TU TE PASSES DE SUCRERIES !
KOF
POUR TE SOUTENIR DANS CETTE CRISE, JE DÉCLARE OFFICIELLEMENT...
QUE...
... QU'IL N'Y AURA PAS DE SAINT-VALENTIN POUR LE CERCLE D'HÔTES CETTE ANNÉE !!
HÉ !
TAKASHI ! NON ! RENDS-LE-MOI !
MON GÂTEAU !!
JE N'AI PAS MAL ! PAS MAL DU TOUT ! JE TE JURE !!
LES SUCRERIES TE SONT INTERDITES.
NON !!

KYAAAAH!!
SCÈNE PARTICULIÈREMENT ÉMOUSTILLANTE POUR UNE CERTAINE PARTIE DES CLIENTES.
FLI
IP
CARIE INCONSTESTABLE.
...
... TAMAKI...
HMMM...
ENTENDU !
?

HANI... TU ES ENCORE EN TRAIN DE MANGER DU GÂTEAU ?
IL NE FAUDRA PAS VENIR TE PLAINDRE SI TU AS DES CARIES, APRÈS...
ÇA N'A PAS L'AIR DE L'INQUIÉTER PLUS QUE ÇA...
AAAAAAAA
T'INQUIÈTE ! JE ME BROSSE TOUJOURS TRÈS BIEN LES DENTS !!
HANI ... ?
NE ME DIS PAS QUE...
NAN... J'AI RIEN... ÇA VA ...
ALLEZ ! FAIS VOIR ! OUVRE TA BOUCHE !!
WAAH
WAAH
NAAAAN ! PAS QUESTION ! J'AI RIEN, JE VOUS DIT ! TOUT VA BIEN !!
KYAAAAH !!
HANI !
DÉPÊCHE-TOI ! ET NE FAIS PAS D'HISTOIRES !!
CLAC
IL RENTRE DU KENDO.
AH !
MORI !! VIENS NOUS AIDER !
C'EST HANI, IL...
RIEN DU TOUT DU TOUT DU TOUT !!

J'AI DIT : ENCORE PLUS QUAND ILS SONT FAITS À LA...
OUI, OUI.
C'EST BON, J'AI ENTENDU ! CE N'EST PAS LA PEINE DE ME LE RÉPÉTER PLUSIEURS FOIS !
MAINTENANT ACCOUCHE : OÙ TU VEUX EN VENIR ?
E... EH BIEN...
... C'EST-À-DIRE QUE... JE ME DEMANDAIS SI... SI TU N'AVAIS PAS PAR HASARD... L'INTENTION D'OFFRIR QUELQUES CHOCOLATS À... À TON PETIT PAPOUNET...
HÉHÉ !
AH !
OUI, TU AS RAISON ! IL FAUT QUE JE PRÉPARE DE QUOI...
DODOM
... OFFRIR DU CHOCOLAT À MON VRAI PÈRE !!
SI JE NE LE FAIS PAS, IL VA ENCORE ME LE REPROCHER.
QUELLE ANDOUILLE, CE BARON ! QU'EST-CE QU'IL ESPÉRAIT, FRANCHEMENT ?
C'EST DÉJÀ UN MIRACLE QU'ELLE CONNAISSE LA SAINT-VALENTIN ...
OUAIS. ÇA REJOINT CE QU'ON DISAIT : ENTRE LES DEUX, C'EST LE BARON QUI EST LE PLUS "JEUNE FILLE".
L'AUTEUR DEVRAIT PEUT-ÊTRE SONGER À LUI FAIRE TOURNER LE RÔLE D'HÉROÏNE DE L'HISTOIRE.
MOUI.
EN MÊME TEMPS, J'APPLAUDIS QUAND MÊME LE CULOT QU'ELLE A EU D'AMENER CETTE SCÈNE APRÈS TOUT CE QUI S'EST PASSÉ DANS L'HISTOIRE ET TOUT CE QUE HARUHI A PU DIRE À TAMAKI JUSQU'À MAINTENANT !
POUR VOUS EN CONVAINCRE, RELISEZ LES TOMES UN À TROIS !

*EH OUI, CAR JUSQU'AU LYCÉE, LES FILLES DONNENT DES CHOCOLATS AUX GARÇONS DONT ELLES SONT AMOUREUSES ! C'EST MÊME UNE FAÇON DE DÉCLARER LEUR FLAMME.
KYAH
KYAH ♥
IL A L'AIR PRODIGIEUSEMENT HEUREUX, HANI...
HIN HIN !
J'AVOUE QUE J'AI UN PEU DE MAL À COMPRENDRE. IL MANGE DU CHOCOLAT TOUT LE TEMPS, NON ?
IL N'A PAS BESOIN DE LA SAINT-VALENTIN POUR SE GOINFRER...
C'EST PARCE QUE TU NE PRENDS PAS LE PROBLÈME SOUS LE BON ANGLE : À LA SAINT-VALENTIN, LE CHOCOLAMÈTRE DE HANI EST À SON APOGÉE !
CAR POUR UN GARÇON, QUEL PLUS GRAND HONNEUR PEUT-IL EXISTER QUE DE RECEVOIR DES CHOCOLATS LE JOUR DE CETTE FABULEUSE FÊTE* ?
IL AIME BEAUCOUP, IL ADORE, IL POURRAIT MOURIR POUR ÇA.
CHOCOLAMÈTRE DE HANI
AAAH ! LA SAINT-VALENTIN ! BIEN SÛR, PERSONNE N'EST DUPE, ET TOUT LE MONDE SE REND BIEN COMPTE QU'ELLE A ÉTÉ INTRODUITE ICI À DES FINS PUREMENT MERCANTILES, PAR DES FABRICANTS DE SUCRERIES !
GLOING
GLOING
AAAH ! QUELLE SPLENDIDE CULTURE QUE LA CULTURE DE NOTRE JAPON !!
GLOING
GLOING
MAIS ÇA NE SEMBLE PAS DÉRANGER LES JEUNES FILLES ! AU CONTRAIRE ! ELLES Y TROUVENT LÀ UN PARFAIT VECTEUR POUR LEURS PASSIONS !!
ÉCOUTE ! NE LES ENTENDS-TU PAS ? CES DIZAINES... QUE DIS-JE, CES CENTAINES... CES MILLIERS... CES MILLIONS DE PETITES VOIX ÉMOUVANTES, QUI TRAHISSENT LEUR INQUIÉTUDE, MÊLÉE D'UN PETIT PEU D'ESPOIR, DANS CET UNIQUE CRI COMMUN : "NOUS VOULONS OFFRIR DU CHOCOLAT À CEUX QUE NOUS AIMONS !"
ALLEZ ! TENDS TON OREILLE !
AH ! JE VOIS !
TU ES UN DE CES GARÇONS QU'ON DÉSIGNE HABITUELLEMENT PAR LE TERME DE "PÉRIPHRASE BOYS", C'EST ÇA ?
C'EST HIKARU QUI M'A EXPLIQUÉ LE CONCEPT.
AU FAIT, HARUHI, POUR INFORMATION... J'AIME TOUS LES TYPES DE CHOCOLATS !!
ET ENCORE PLUS QUAND ILS SONT FAITS À LA MAIN !
TADAAAA
AH BON.
?

HUM...
FAIS COMME TU VEUX !!
MOI, TANT QUE C'EST DU CHOCOLAT, N'IMPORTE QUOI ME CONVIENT !!
OUAAAAIS !!
KYAAH
MITSUKUNI HANINOZUKA (17 ANS). ÉLÈVE EN TERMINALE AU LYCÉE CERISIERS ET ORCHIDÉES, ET MEMBRE DU CERCLE D'HÔTES.
LAPINOU.
TAILLE : 1 M 48. POISSONS GROUPES SANGUIN AB.
MATIÈRE PRÉFÉRÉE : MATHÉMATIQUES.
CE QU'IL AIME : LES GÂTEAUX, LE CHOCOLAT, ET LES LAPINS.
ET LES CHAMPS DE FLEURS.
USANT, SELON LES SEXES, DE SON IMPROBABLE CHARME INFANTILE OU DE SES TALENTS DE KARATÉKA POUR TERRASSER SES ADVERSAIRES...
TECHNIQUES SPÉCIALES : LAPINOU KICK, ETC.
... C'EST LE "SUGAR BOY" (APPELLATION UN PEU RIDICULE, CERTES) NUMÉRO UN DE L'ÉCOLE. ON DIT QU'IL AURAIT ÉTÉ, DANS SA VIE ANTÉRIEURE, UN LAPIN. OU UN POT DE MIEL.
HANI FLOWERS (EN OPTION)
HANI ET TOUS SES AMIS
HIKA ET KAO
TAMA
TAKASHI
KYO
HARU
ET MOI

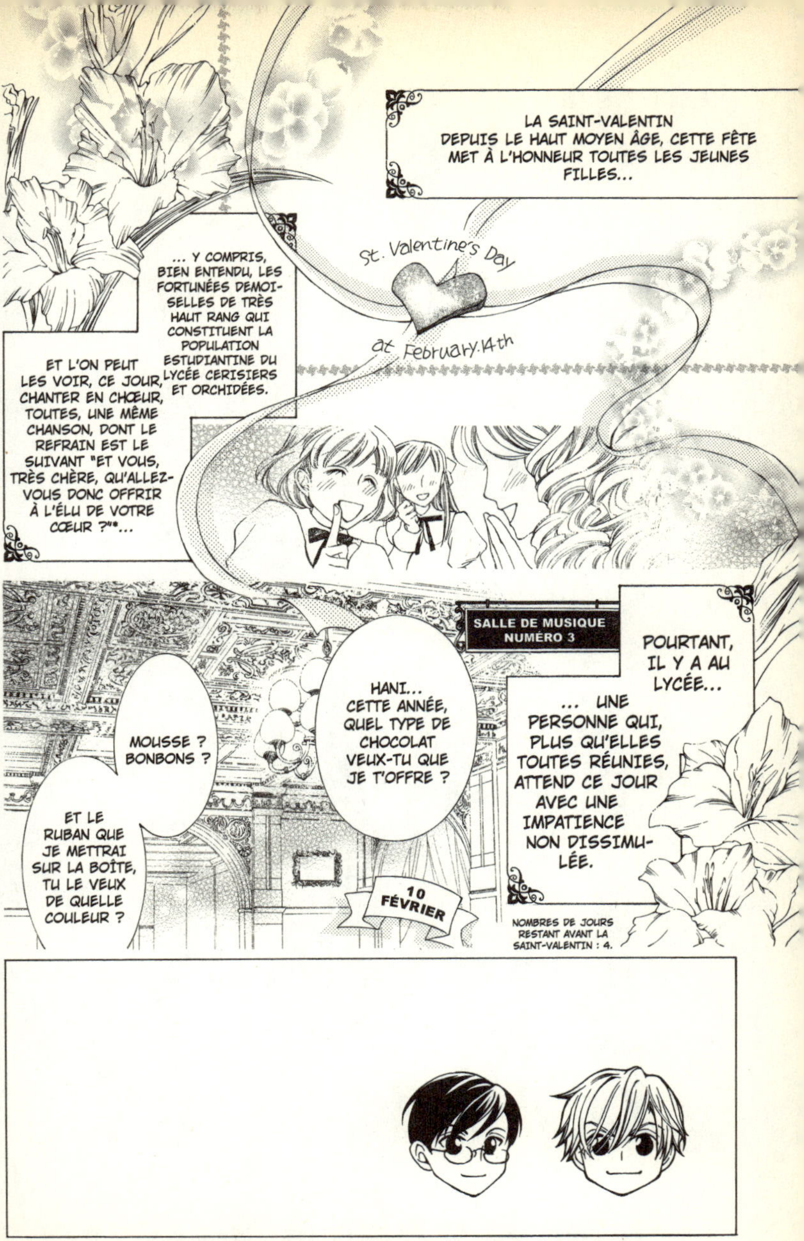

*AU JAPON, LE JOUR DE LA SAINT-VALENTIN, LES FILLES OFFRENT DES CADEAUX (GÉNÉRALEMENT DU CHOCOLAT) AUX GARÇONS. CEUX-CI LEUR RENDENT LA FAVEUR UN MOIS PLUS TARD, LE JOUR DU "WHITE DAY".

CHAPITRE 14

HÉÉÉÉ ! TAMAKI ! CE N'EST PAS L'ENDROIT POUR DÉPRIMER !!
POURTANT... MÊME ELLE, MA PETITE FILLE...
... QUI N'A JAMAIS CONNU LE DÉSIR ÉGOÏSTE...
... IL SE POURRAIT BIEN QU'UN JOUR... ELLE SUCCOMBE À L'ENVIE DE VIVRE AUX CÔTÉS DE QUELQU'UN...
C'EST VRAIMENT SUCCULENT, N'EST-CE PAS ?
HARUHI ! PASSE-MOI DE LA VIANDE ! DE LA VIANDE !
OUI, OUI... ATTENDS UNE SECONDE !
AU FAIT, TOUT EST FAIT MAISON ?
FINALEMENT, ILS ONT SORTI LE KOTATSU.
HUUUUUH...
RIEN QUE D'Y PENSER, J'AI DES ENVIES DE MEURTRE !!
JE LUI EN FERAI BAVER, À L'HEUREUX ÉLU !!
ALLEEEZ ! J'AI MIS PLEIN DE PET-SAÏ ! MANGEZ ! MANGEZ !
PLOTCH
VIANDE...
OUAH ! ELLE EST FIBREUSE, CETTE VIANDE !!
HÉHÉ ! C'EST ÇA, LA VIANDE DE PROLÉTAIRES !
OUAAIS !!
PROFITEZ-EN, VOUS N'EN REMANGEREZ PAS DE SI TÔT !

... NE VOUS INQUIÉTEZ PAS, JE LE SAIS, TOUT ÇA !
QUOI, "TU LE SAIS" ?!! TU NE SAIS RIEN DU TOUT !!
NON MAIS QU'EST-CE QUE C'EST QUE CES HISTOIRES !! CE N'EST PAS PARCE QUE TU ES VAGUEMENT MIGNON QU'IL FAUT TE PRENDRE POUR LE ROI DU MONDE !!
TU LA CONNAIS À PEINE ET TU TE PERMETS DE DIRE ÇA ?! NON MAIS POUR QUI TU TE PRENDS ?!
DÉ... DÉSO-LÉ...
À PARTIR DE CET INSTANT... TU ES MON ENNEMI !!
ET JE PRÉFÈRE TE PRÉVENIR TOUT DE SUITE : MA FILLE, JE N'AI PAS DU TOUT L'INTENTION DE M'EN SÉPARER ! PAS AVANT UN BON MOMENT, EN TOUT CAS !!
JE T'EN FOUTRAIS, MOI, DES "JE LA CONSIDÈRE COMME MA FILLE" !!
CE... CE N'EST PAS CE QUE JE VOULAIS DI...
MON ENNEMI, TU M'ENTENDS ?!!

TU ES VRAIMENT BIZARRE !
AH BON ?
MAIS PUISQUE TU INSISTES !
TIENS, PRENDS CETTE ANSE. ON VA LE PORTER ENSEMBLE !
C'ÉTAIT UNE PETITE FILLE QUI... COMMENT DIRE ? CONTRAIREMENT À TOUTES LES ENFANTS DE SON ÂGE, NE SE LAISSAIT JAMAIS ALLER À SES PULSIONS INFANTILES... EN D'AUTRES TERMES, ELLE NE SE LAISSAIT JAMAIS DOMINER PAR SES DÉSIRS ÉGOÏSTES...
QU'EST-CE QU'IL RESTE À ACHETER ?
ALORS...
ELLE NE ME DONNAIT JAMAIS L'OCCASION DE PRENDRE SOIN D'ELLE, OU DE FAIRE QUELQUE CHOSE POUR ELLE...
TANDIS QU'IL LUI ARRIVAIT PLUS SOUVENT QU'À SON TOUR DE VENIR EN AIDE AUX AUTRES, SANS MÊME S'EN RENDRE COMPTE...
"JE VEUX CHANGER"... SI TU AS ÉTÉ CAPABLE DE PENSER ÇA, ALORS JE SUIS PERSUADÉE QUE TU AS DÉJÀ COMMENCÉ À CHANGER !
OH...
TU N'AS JAMAIS SONGÉ À COMMENCER PAR...
... ESSAYER DE "REGARDER AVEC LES YEUX DU CŒUR" LA PERSONNE À QUI TU AS AFFAIRE, AVANT DE TE DÉCIDER ?

POURQUOI VOUS DITES ÇA ? JE NE CROIS PAS ÊTRE PARTICULIÈREMENT À PLAINDRE, POURTANT.
SI MON PÈRE FAIT ÇA, CE N'EST PAS POUR "REMPLACER MA MÈRE" ! C'EST PAR PLAISIR !
C'EST SON "PENCHANT", COMME IL DIT...
A... AH BON...
OUI. ET PUIS DE TOUTE FAÇON, JE SUIS HABITUÉE, MAINTENANT.
MA PETITE HARU... !
JE NE SAIS PAS SI JE DOIS EN RIRE OU EN PLEURER...
BON, VIENS, ON VA LÀ-BAS !
TAP TAP
ZIP
FLIP
GULP
EH BIEN, PAPA, QU'EST-CE QUE TU FABRIQUES ?
TU ES ENCORE VENU POUR M'AIDER À PORTER LE PANIER À PROVISIONS, C'EST ÇA ?
IL ÉTAIT REPÉRÉ DEPUIS LE DÉBUT...
E...
EUH... OUI ! C'EST EXACTEMENT ÇA ! LE PANIER À PROVISIONS !
AHA-HAHA-HA
J'ADORE PORTER LES PANIER À PROVISIONS !!
HUM !
EN FAIT, IL DÉTESTE LES CHOSES LOURDES...

HARUHI, 9 ANS.
ALORS... DES CAROTTES, DES POMMES DE TERRE...
ET TU TE DEMANDES LÉGITIMEMENT SI, POUR MA FILLE...
... QUI, APRÈS AVOIR PERDU SA MAMAN SI TÔT, A RÉCUPÉRÉ LA CHARGE DES COURSES ET DU MÉNAGE...
... ÇA N'A PAS ÉTÉ TROP DUR DE VENIR ICI TOUTE SEULE, QUAND ELLE ÉTAIT ENFANT.
AH... ÇA...
EN EFFET, TU PEUX LE DIRE. C'EST VRAI QU'ON EN VOIT BEAUCOUP, DANS LES SUPERMARCHÉS COMME CELUI-CI...
EH BIEN LAISSE-MOI T'AVOUER UNE CHOSE : J'ÉTAIS TOUJOURS DERRIÈRE ELLE, POUR LA SURVEILLER !
JE NE POUVAIS PAS M'EN EMPÊCHER. UN "RÉFLEXE PATERNEL", EN QUELQUE SORTE...
HAAAAAAA
AH...
AH OUAIS ...
IL N'A PAS CHANGÉ...
PSST PSST
COURAGE, HARUHI !!
LE PÈRE, 29 ANS. IL VENAIT À PEINE DE COMMENCER SA TRANSFORMATION EN TRAVESTI, ET N'ÉTAIT ENCORE QUE TRÈS LÉGÈREMENT MAQUILLÉ...
TIENS !
HARUHI !!
UN CAMARADE DE CLASSE.
T'ES TOUTE SEULE ? TON PAPA, LE TRAVELO, N'EST PAS AVEC TOI ?
GLOUPS
MWAHAHAHA !
CHEZ TOI, COMME IL N'Y A PLUS DE MAMAN, C'EST TON PAPA QUI FAIT CE QU'IL PEUT POUR LA REMPLACER !!
JE TE PLAINS !!
HAHAHA-HAHA !!
PETITS...
QUE ...?!!
... VAURIENS !!!

C'EST L'HIVER, RÉCHAUFFEZ-VOUS !
BON, ALLEZ ! ASSEZ JOUÉ, MAINTENANT ! TOUT LE MONDE DEHORS !!
JE VAIS ALLER PAYER L'ADDITION, ET J'ARRIVE TOUT DE SUITE, COMPRIS ?
THUMP
THUMP
HEIN ? OH NON !!
ON VEUT ENCORE S'AMUSER UN PEU !
MAMAN, QU'EST-CE QU'ON VA MANGER, CE SOIR ?
DU STEACK HACHÉ !
OUAAAAAIS !!
...
OUIIIIN ! ACHÈTE-LE-MOI !!
J'AI DIT NON !!
EH BIEN, QU'EST-CE QUE TU AS ? EN BON PETIT ENFANT DE RICHE, TU TE DEMANDES "MAIS POURQUOI ELLE NE LE LUI ACHÈTE PAS ?", C'EST ÇA ?
FLIP
PFFFF !!
MO...
MONSIEUR FUJIOKA !!
N... NON ! CE N'EST PAS ÇA ! EN FAIT... JE ME DISAIS JUSTE QU'IL Y AVAIT BEAUCOUP DE MÈRES ACCOMPAGNÉES DE LEUR ENFANT, PARMI LES CLIENTS...

NOUS PRENONS LES RÉSERVATIONS POUR VOS CADEAUX DE FIN D'ANNÉE.
!!!
OUI, EN EFFET.
MAIS DITES PLUTÔT... DU MELON À SEULEMENT 1 500 YENS ? JE N'AURAIS JAMAIS IMAGINÉ QUE CE SOIT POSSIBLE...
OU ALORS, AU MARCHÉ NOIR...
HAHA !
VOYONS KYOYA, C'EST PARCE QUE C'EST DU MELON QUI EST DESTINÉ À ÊTRE CONSOMMÉ PAR DES GENS NORMAUX !
ET IL EST DÉJÀ SUFFISAMMENT CHER COMME ÇA ! PLUS CHER, PERSONNE NE L'ACHÈTERAIT !
BLA BLA
TAKASHI ! TAKASHI ! VIENS VOIR ! IL Y A DES GÂTEAUX À 100 YENS !!!
ON EN PREND COMBIEN ? ON EN PREND COMBIEN ?
BRRRRRRR
PAPA...!!
QU'EST-CE QUE TU FAIS ICI ?!!
JE CROYAIS QUE TU ÉTAIS JUSTE RENTRÉ LE TEMPS DE TE CHANGER !
ET QUE TU DEVAIS TOUT DE SUITE REPARTIR TRAVAILLER !! ET VOIR LA PATRONNE MALADE !!
BLA
MUNCH ...
HUM... C'EST BON, VOTRE TRUC, LÀ ...
BLA
DES RICHES ...
CE SONT DES RICHES ! OUAAAH !!
QUANT À TOI, HANI ! DU GÂTEAU, TU EN AS DÉJÀ MANGÉ TOUT À L'HEURE, NON ?!
SI TU CONTINUES À TE NOURRIR N'IMPORTE COMMENT, TU NE DEVIENDRAS JAMAIS AUSSI GRAND QUE MORI !!
!!!
OUI, MAIIIIS ...
JE M'INQUIÉTAIS POUR TOI !!
CONTENTE QUE ÇA VOUS PLAISE !
ALLEZ-Y, MANGEZ-EN TANT QUE VOUS LE VOULEZ !
HEEEEEIN ?!
MAIS JE M'EN FICHE, DE DEVENIR GRAND, MOI !
GÂTEAUX ! GÂTEAUX !
PWAAP
...

VO...
VOUS ...!!!
QU'EST-CE QUE VOUS FICHEZ ICI ?!!
HARU-HIIII !!
YO !!
MONSIEUR TAMAKI. AVEZ-VOUS L'INTENTION DE GOÛTER LES PLATS QUE CETTE DAME VEUT VOUS FAIRE MANGER ?
DAAAN
SI OUI, NOUS DEVRONS LES GOÛTER AVANT VOUS, POUR DÉTERMINER S'ILS NE SONT PAS EMPOISONNÉS.
VOUS ÊTES UN AMI DE MONSIEUR KYOYA. NOUS NE POUVONS PAS VOUS LAISSER PRENDRE DE RISQUES.
MO... MONSIEUR TACHIBANA ...
TROIS MEMBRES DU STAFF DE LA FAMILLE OOTORI
MONSIEUR HOTTA
MONSIEUR TACHIBANA
MONSIEUR AIJIMA
TAP TAP
SNUFF SNUFF
SNUFF SNUFF
EN FAIT, ILS AVAIENT SUIVI TAMAKI DEPUIS LE DÉBUT...
AH BOOOOON ?!
C'EST LA PREMIÈRE FOIS QUE VOUS VENEZ DANS UN SUPERMARCHÉ, TOUS !!
?!

*PLANTE DE LA FAMILLE DES BRASSICACÉES (COMME LE CHOU, LA MOUTARDE, ET LE NAVET) DONT ON CONSOMME LES FEUILLES. ÉGALEMENT VENDU SOUS LE NOM DE "CHOU CHINOIS" OU "CHOU DE PÉKIN".

HA... HARUHI !! HARUHI !!
CE TRUC QUI FAIT "ROUL ROUL", LÀ-BAS !! MOI AUSSI, J'EN VEUX UN !!
C'EST COMME À L'AÉRO-PORT !
ROUL ROUL
NON.
ON N'A PAS TELLEMENT DE CHOSES À ACHETER, ON NE VA PAS S'EN ENCOMBRER !
PAS CHER, PAS CHER !!
À PARTIR DE MAINTENANT, ET POUR LES QUINZE PROCHAINES MINUTES, PROFITEZ DE NOTRE OFFRE SPÉCIALE SUR LE BŒUF !
ARRRGH
*PRODUIT D'AUSTRALIE - **FILET DE BOEUF
LA BARQUETTE EST À 780 YENS AU LIEU DE 980 !!
POUR FAIRE LA QUEUE, C'EST PAR ICI !!
780 YENS, MESDAMES ET MES-SIEURS !!
IL...
IL FAUT QU'ON Y AILLE !! NOUS DEVONS FAIRE HONNEUR À LA PHILANTHROPIE DE CE MON-SIEUR !!
780 YENS... ILS CHERCHENT À FAIRE FAILLITE OU QUOI ?!
PANT PANT PANT
PORTE-MONNAIE
NON, ON N'Y VA PAS.
DIS DONC, TAMAKI... TU ES DU GENRE À TE FAIRE AVOIR PAR LE TÉLÉ-SHOPPING, TOI, NON ?
QUE...
QU'EST-CE QUI TE FAIT DIRE ÇA ?!
SHIMA !! VIENS VOIR !! REGARDE CE SÉCATEUR ! AVEC ÇA, IL PARAÎT QU'ON PEUT COUPER MÊME LES BRANCHES LES PLUS HAUTES SANS EFFORT !
APPELEZ VITE AU ZÉRO HUIT-CENTS !
JUNIOR ...
IL NOUS EN FAUT UN !! IL EST À UN PRIX SPÉCIAL, ET L'OFFRE EST LIMITÉE !!

SHINE
SHINE
SHINE
SHINE
SHINE
IL A UNE TÊTE DE CORBEAU QUI VIENT DE CRIER.
SWAP
BONJOUR MADAME ! QUE DIRIEZ-VOUS DE GOÛTER NOS SAUCISSES ?
SAUCISSES MARUTOMI - PRIX SPÉCIAL
FRUSH
MERCIIII !!
AH ! COMMENT ALLEZ-VOUS, MA PETITE DAME ! ON A DU BEAU POISSON AUJOURD'HUI !!
QUELLE ANIMATION !! ON SE CROIRAIT SUR LE MARCHÉ OUVERT D'UN AUTRE PAYS !!
C'EST UN FESTIVAL ?! OU UN ÉVÉNEMENT SPÉCIAL ?
BLA
BLA
LE DIMANCHE, DU SOIR AU MATIN, DES PRIX MALINS !
ENTREZ ENTREEEZ !!
BLA BLA
NON.
C'EST TOUS LES JOURS COMME ÇA.
C'EST PAS CHER C'EST PAS CHER C'EST PAS CHEEEEER !
C'EST LA PREMIÈRE FOIS QU'IL FAIT SES COURSES DANS UN ENDROIT AUSSI FRÉQUENTÉ, AU JAPON...
ROUL ROUL ROUL
HOOOO !

1

SALUT À TOUS ! C'EST MOI, BISCO HATORI !! VOICI ENFIN LE TOME 4 DE HOST CLUB !

CE VOLUME EST UN PEU SPÉCIAL, PAR RAPPORT AUX PRÉCÉDENTS : J'AI DÛ LE FAIRE, EUH... COMMENT DIRE... SOUS LA PRESSION. DU TEMPS, D'ABORD AINSI QUE D'UN TAS D'AUTRES CHOSES. QUAND ON EST MANGAKA, À MESURE QU'ON AVANCE DANS SA CARRIÈRE, ON EST FORCÉMENT CONFRONTÉ À UN CERTAIN NOMBRE DE MURS QU'IL FAUT ARRIVER À GRIMPER. CE TOME EN ÉTAIT UN.

POUR CETTE RAISON, LES DESSINS RISQUENT DE VOUS PARAÎTRE UN PEU "BRUTS DE DÉCOFFRAGE" PAR ENDROITS... JE M'EN EXCUSE, MAIS SACHEZ QUE C'EST POUR LE BIEN GÉNÉRAL ! LE THÈME QUE JE M'ÉTAIS IMPOSÉ, POUR CE TOME, C'ÉTAIT EN EFFET "METTRE UN MAXIMUM DE BONUS INÉDITS". DU COUP, J'AI ESSAYÉ D'UTILISER LE TEMPS DONT JE DISPOSAIS POUR FAIRE DE LA "QUANTITÉ" !

DANS LES COLONNES, JE VAIS VOUS DONNER LES RÉSULTATS DU CONCOURS SUR LES DATES D'ANNIVERSAIRE DES PERSONNAGES, AUQUEL NOUS AVIONS DEMANDÉ À NOS LECTRICES DE PARTICIPER PAR L'INTERMÉDIAIRE DU MAGAZINE LALA (AU JAPON, BIEN ENTENDU). ET JE VAIS EN PROFITER POUR VOUS PARLER UN PEU PLUS DE LEURS PERSONNALITÉS ET DE LEUR VIE, EN PASSANT. BON, SUR CE, JE VOUS DIS À LA PROCHAINE COLONNE !!

⇦ GO!!

P.-S. : DANS CE TOME, CERTAINES DES COLONNES SONT PLACÉES DE FAÇON UN PEU INHABITUELLE, DONC FAITES BIEN ATTENTION À NE PAS LES RATER !

*MARUTOMI

EN LES REGARDANT, VOUS N'AVEZ PAS L'IMPRESSION DE VOIR UNE "MÈRE FORTE" ET SON "ENFANT PLEURNICHEUR" ?
ON POURRAIT PRESQUE EN FAIRE UN SKETCH...
EN PLUS IL LA SUIT COMME UN CANARD.
JE ME DEMANDE QUAND MÊME POURQUOI LE BARON PARLE COMME S'IL AVAIT CINQ ANS...
IL JOUE À L'ENFANT OU QUOI ?
TIENS, D'AILLEURS ...
... EN PARLANT DE "JOUER"... QUELQU'UN PEUT ME DIRE À QUOI ON JOUE, NOUS, LÀ ?
ON LES SUIT, FINALEMENT, C'EST ÇA ?
FLIP
EXACT, KYOYA ! ON JOUE À LA FILATURE !!
ENFIN, MÊME SI EN FAIT ...
TU CROIS QUE CE SONT DES CÉLÉBRITÉS DE LA TÉLÉ ?
UN BOYS BAND, PEUT-ÊTRE ?
MAIS ILS ONT DE LA CLASSE...
... MON VÉRITABLE OBJECTIF, C'EST DE POUVOIR M'AFFICHER EN PUBLIC AVEC DERRIÈRE MOI UNE ESCORTE DE JOLIS GARÇONS !!
BIEN SÛR, JE M'INQUIÈTE RÉELLEMENT POUR MA FILLE. MAIS JE M'INQUIÈTE ENCORE PLUS POUR MON IMAGE !!
IL S'EST CHANGÉ POUR L'OCCASION.
MAINTENANT C'EST SÛR, ILS SONT DE LA MÊME ESPÈCE...
CES DEUX-LÀ...
IL SURVEILLE SA FILLE, C'EST BIEN. ENFIN, C'EST CE QU'IL FAIT TOUJOURS, MAIS BON.

UN NABÉ À BASE DE MISO*... AVEC DES MADEMOISELLES CREVETTES ET DES MONSIEURS CRABES DEDANS ...
SNIF
ET DU BŒUF, AUSSI. PLEIN !
ET À LA FIN, JE VOUDRAIS QU'ON METTE DU UDON** DEDANS, AUSSI.
ET QU'ON MANGE SUR UN KOTATSU***
MAIS OUI, MAIS OUI !
ON VA DONC FAIRE UN NABÉ AVEC PLEIN DE VIANDE DE PORC !!
ET SANS POISSON, NI COQUILLAGES !
AH, ET AU FAIT, À LA MAISON, ON N'A PAS ENCORE SORTI LE KOTATSU, DONC ON VA FAIRE ÇA SUR LA TABLE NORMALE, HEIN !
TAP TAP
*MISO = PÂTE FERMENTÉE À BASE DE HARICOTS DE SOJA, QU'ON UTILISE POUR FAIRE DE LA SOUPE.
**UDON = SORTE DE NOUILLES ÉPAISSES FAITES À PARTIR DE FARINE DE BLÉ.
***KOTATSU = TABLE BASSE CHAUFFANTE, SOUS LAQUELLE ON MET SES JAMBES POUR SE RÉCHAUFFER EN HIVER. LES KOTATSUS MODERNES SONT ÉLECTRIQUES.
ÇA NE M'INTÉRESSE PAS VRAIMENT DE LE SAVOIR, MAIS JE TE DEMANDE QUAND MÊME...
VOUS, LES RICHES, ÇA VOUS ARRIVE AUSSI DE MANGER DU NABÉ ?
SOUS UN KOTATSU, EN PLUS ?
OUI... IL Y A UN HORIKOTATSU****, CHEZ KYOYA...
... ET UNE FOIS L'AN, ON SE RÉUNIT AUTOUR POUR FAIRE UN NABÉ.
UN NABÉ DE RICHE, ÇA VA SANS DIRE. AVEC UNIQUEMENT DES PRODUITS DE LUXE. ET DE L'EAU MINÉRALE.
****HORIKOTATSU = KOTATSU SOUS LEQUEL ON A CREUSÉ UN TROU DANS LE SOL ; TROU AU FOND DUQUEL ON MET UNE SOURCE DE CHALEUR (BRAISES ETC.). C'EST LA FORME TRADITIONNELLE (DONC PLUS OU MOINS RÉSERVÉE AUX RICHES) DU KOTATSU.
...

*NABÉ = LITTÉRALEMENT, CASSEROLE. PLAT QUI CONSISTE À FAIRE BOUILLIR DE LA VIANDE, DES LÉGUMES, DU POISSON ETC. DANS UNE GRANDE CASSEROLE REMPLIE D'EAU QU'ON POSE AU MILIEU DE LA TABLE, SUR UN RÉCHAUD À GAZ.

OUIIIIIIIIIIN
WOOOOSH
GULP!
TA... TAMAKI ?
QU'EST-CE QU'IL FABRIQUE ICI...?
WHUP
WHUP
EUH...
CE N'EST PAS COMME SI TU ÉTAIS BIEN CACHÉ, LÀ..
QU'EST-CE QU'IL PEUT BIEN AVOIR EN TÊTE, CETTE FOIS...
SOB
SOB
SOB

WAAAAAAH
WHAM
JE SUIS UN ÊTRE IGNOOO-BLE !!!
HARUHIIII DÉSOLÉÉÉ !
OH !
IL S'ENFUIT !
POURSUIVEZ-LE !!
PAS LA PEINE !
MAIS DITES PLUTÔT, VOUS TOUS...
... ÇA NE VOUS DIRAIT PAS DE VOUS "AMUSER" UN PEU ?
HAAA
PAPA ET KYOYA...
CES DEUX-LÀ, L'UN AVEC L'AUTRE... JE CRAINS LE PIRE...
QUI L'AURAIT CRU...
THUMP THUMP THUMP THUMP THUMP THUMP

TOUT ÇA POUR DIRE QUE JE VOUS REMERCIE, TOUS...
GRÂCE À VOUS, NON SEULEMENT HARUHI SEMBLE PASSER DE BONS MOMENTS À L'ÉCOLE...
... MAIS EN PLUS, VOUS VOUS OCCUPEZ DE L'HA-BILLER DE FAÇON À LA RENDRE PLUS JOLIE... MÊME SI C'EST AVEC DES VÊTEMENTS DE GARÇON !
N'EST-CE PAS, TAMAKI SUO ?
MONS...
SLAM
IL PARAÎT QUE TU ES LE SEUL DU GROUPE À AVOIR CRU QUE HARUHI ÉTAIT VRAIMENT UN GARÇON JUSQU'AU BOUT, HMMM ?
SLUURP
ET QU'EN PLUS, TU L'AS FRAPPÉE SUR LA TÊTE...
TU ES VRAI-MENT UN ÊTRE IGNOBLE !!
HUUU !!
C'EST DANS LE CHAPITRE 1

TOUT DE MÊME, QUELLE TRISTESSE... AVOIR ACCOUCHÉ D'UNE SI JOLIE FILLE, ET LA VOIR S'INTÉRESSER SI PEU À L'APPARENCE...
TECHNIQUEMENT, CE N'EST PAS LUI QUI A ACCOUCHÉ MAIS BON.
DIRE QUE, JUSQU'AU COLLÈGE, J'AVAIS RÉUSSI À FAIRE EN SORTE QU'ELLE S'HA-BILLE ET SE COIFFE DE FAÇON À METTRE EN VALEUR TOUTES LES QUALITÉS DE SA PLASTIQUE...
AAAH !! MAUDIT SOIT CE JOUR OÙ ELLE A EU L'IDÉE SAUGRENUE DE SE COUPER LES CHEVEUX ELLE-MÊME !!
QUAND JE L'AI VUE LA PREMIÈRE FOIS, J'AI CRU QUE J'ALLAIS MOURIR...
OOOOH...
COMME NOUS VOUS COMPRENONS !!
JE SUIS RENT...
SNIP
AH !
SALUT PAPA !
HA... HARUHI !!! TU NE VAS TOUT DE MÊME PAS... ALLER À L'ÉCOLE DANS CET ÉTAT ?!
À CE SOIR.

CLACK
ET J'Y VAIS SEULE !
ON A DÉJÀ ASSEZ PERDU DE TEMPS.
JE REVIENS TOUT DE SUITE, ALORS RESTEZ BIEN SAGEMENT ICI, TOUS !
HA...
HARUHI !! NOUS AUSSI...
... ON VEUT Y ALLER, AU SUPERMARCHÉ DU PEUPLE !!
BLAM
TAP TAP TAP TAP
BAH !
CE N'EST PAS LA PEINE DE TE FATIGUER ! QUAND ELLE A DÉCIDÉ QUELQUE CHOSE, IL EST IMPOSSIBLE DE LUI FAIRE CHANGER D'AVIS !!
HAAAA... JE RESPECTE SON ESPRIT D'INDÉPENDANCE, MAIS UNE FOIS DE TEMPS EN TEMPS, J'AIMERAIS BIEN LA VOIR SE COMPORTER UN PEU PLUS EN PETITE FILLE...
SALLE DE CULTURE DANGER
VOUS SAVEZ... C'EST ELLE QUI A DÉCIDÉ D'ALLER AU LYCÉE CERISIERS ET ORCHIDÉES, ET QUI S'EST OCCUPÉE DE TOUTES LES DÉMARCHES... SEULE !
JE N'AI PAS EU MON MOT À DIRE... ALORS QUE J'AURAIS PRÉFÉRÉ LA VOIR ALLER DANS UN LYCÉE POUR JEUNES FILLES, AVEC UN UNIFORME UN PEU PLUS MIGNON QUE CELUI DE CERISIERS ET ORCHIDÉES !
SAINTE-LOBÉLIA, PAR EXEMPLE ! ÇA AURAIT ÉTÉ PARFAIT ! COMME DE TOUTE FAÇON ELLE EST BOURSIÈRE ...
HAA...
HUM...
EUH... ON VOUS RASSURE TOUT DE SUITE, SAINTE-LOBÉLIA, CE N'ÉTAIT PAS UNE SI BONNE IDÉE QUE ÇA...
ILS Y ONT DES CERCLES BIZARRES...
CERCLE DE ZUKA DU LYCÉE PRIVÉ POUR JEUNES FILLES SAINTE-LOBÉLIA

JE TROUVE QUE TU EXAGÈRES UN PEU, QUAND MÊME ! QU'EST-CE QUE C'EST QUE CETTE HISTOIRE D'ÉCHANGE SECRET DE RENSEIGNEMENTS ENTRE TOI ET KYOYA !!
DEPUIS QUAND EST-CE QUE TU AS COMMENCÉ CES PETITES MANIGANCES ?!
MAIS ENFIN !
TU N'AS PAS LE DROIT DE TE PLAINDRE ! C'EST DE TA FAUTE À TOI ! C'EST TOI QUI NE VEUX JAMAIS ME PARLER DE CE QUE TU FAIS À L'ÉCOLE !!
JE M'INQUIÈTE POUR TOI, MOI ! JE SUIS TON PÈRE !!
QUANT À TOI, TAMAKI, REPRENDS TES CHAMPIGNONS ET SORS DE CE PLACARD TOUT DE SUITE !!
ET N'OUBLIE PAS DE REMETTRE TOUT CE QUE TU AS SORTI EN PLACE !!
DRIP DRIP
HARUHI... ÉCOUTE-MOI...
TU ES VRAIMENT SUPER MIGNONNE QUAND TU ES EN COLÈRE !!
KYAH
REGARDEZ-LA ! ELLE EST PAS TOUTE MIMI ? C'EST MA FILLE À MOI !!
HÉ...
MAIS... OÙ TU VAS COMME ÇA ?!
NE ME QUITTE PAS !!
TAP TAP
PAPA-GÂTEAU (À MORT) ...
COMMENT DIRE... LE PÈRE DE HARUHI PLUS JE LE REGARDE, ET PLUS... IL ME RAPPELLE VRAIMENT QUELQU'UN...
CETTE TENSION SURVOLTÉE, NOTAMMENT...
JE CROIS QUE JE COMMENCE À MIEUX COMPRENDRE POURQUOI ELLE ARRIVE SI BIEN À MANŒUVRER AVEC LE BARON.
ELLE A LE MÊME À LA MAISON ...
AU SUPERMARCHÉ !
PFFFF...

KYO... YA...
MADEMOISELLE ORCHIDÉE A ACCEPTÉ DE CONFIER SA CHÈRE ET TENDRE FILLE À NOTRE CERCLE.
IL EST DONC TOUT À FAIT NORMAL QUE JE PRENNE CONTACT AVEC ELLE, ET QUE JE LUI FASSE UN RAPPORT RÉGULIER SUR TOUT CE QUI S'Y PASSE !!
ENFIN, QUAND JE DIS "JE", THÉORIQUEMENT, CE N'EST PAS À MOI DE M'OCCUPER DE CE GENRE DE CHOSES, MAIS PASSONS.
N'EST-CE PAS ?
SP
GP
PRÉSIDENT (OFFICIEL)
URGH ...
ZAG
EN TOUT CAS, ON PEUT DIRE QUE TU ES VRAIMENT UN PRÉSIDENT DE CERCLE MODÈLE !!
OUPS, PARDON, J'OUBLIAIS, C'EST VRAI QUE TU ES CENSÉ N'ÊTRE QUE LE VICE-PRÉSIDENT !!
COMME JE TE PLAINS ! ÇA NE DOIT PAS ÊTRE FACILE D'AVOIR À ASSUMER TOUT LE TRAVAIL À LA PLACE D'UN INCOMPÉTENT !
J'IMAGINE QUE VOUS NE POUVEZ PAS LUI EN DEMANDER TROP ! OCCUPÉ COMME IL DOIT ÊTRE À PASSER SON TEMPS À JOUER AVEC LE CŒUR DES JEUNES FILLES...
IL N'Y A PAS DE MAL !
ZAG ZAG ZAG
ENFIN !
J'AIMERAIS BIEN VOIR À QUOI IL RESSEMBLE !

BIEN SÛR ! MITSUKUNI HANINOZUKA ! ET LE GRAND QUI EST LÀ, AVEC LUI, C'EST TAKASHI MORI-NOZUKA. ILS SONT TOUS LES DEUX EN TERMINALE.
QUANT À VOUS, VOUS ÊTES HIKARU ET KAORU HITACHIIN, TOUS DEUX EN SECONDE. N'EST-CE PAS ?
JE NE SAURAIS PAS DIRE QUI EST QUI, MAIS...
J'AI ÉNORMÉMENT ENTENDU PARLER DE VOUS...
C'EST... HARUHI, QUI... ?
ELLE VOUS A PARLÉ DE NOUS ?
... AU TÉLÉPHONE ET PAR MAIL, GRÂCE À CE CHER KYOYA !!
C'EST LA PREMIÈRE FOIS QUE NOUS NOUS VOYONS EN CHAIR ET EN OS, MAIS JE DOIS DIRE QUE TU ES ENCORE PLUS MIGNON QUE CE QUE J'AVAIS IMAGINÉ !
VOUS ME FLATTEZ !
MAIS CE SERAIT PLUTÔT À MOI DE VOUS COMPLIMENTER SUR VOTRE BEAUTÉ !!
AU FAIT, JE N'AVAIS PAS ENCORE TROUVÉ L'OCCASION DE LE FAIRE, MAIS JE TENAIS À VOUS REMERCIER D'AVOIR ACCEPTÉ DE M'ENVOYER CES PRÉCIEUSES PHOTOS, L'AUTRE JOUR !!
ELLES M'ONT ÉTÉ TRÈS UTILES, VRAIMENT !!
EHHH OUI... DEPUIS TOUT CE TEMPS...
... ILS ÉTAIENT "AMIS VIRTUELS" !!
"L'AUTRE JOUR" (VOIR CHAPITRE 8)...
UN AUTHENTIQUE SET DE PHOTOS DE HARUHI QUAND ELLE ÉTAIT COLLÉGIENNE !!
LES "PRÉCIEUSES PHOTOS" EN QUESTION.
HÉHÉ ! J'AI MON RÉSEAU !
LE FAMEUX "RÉSEAU".
SANS BLAGUE ?!!
VOUS CORRESPONDEZ DÉJÀ DEPUIS SI LONGTEMPS ?!

*RANKA = LITTÉRALEMENT, "FLEUR D'ORCHIDÉE".

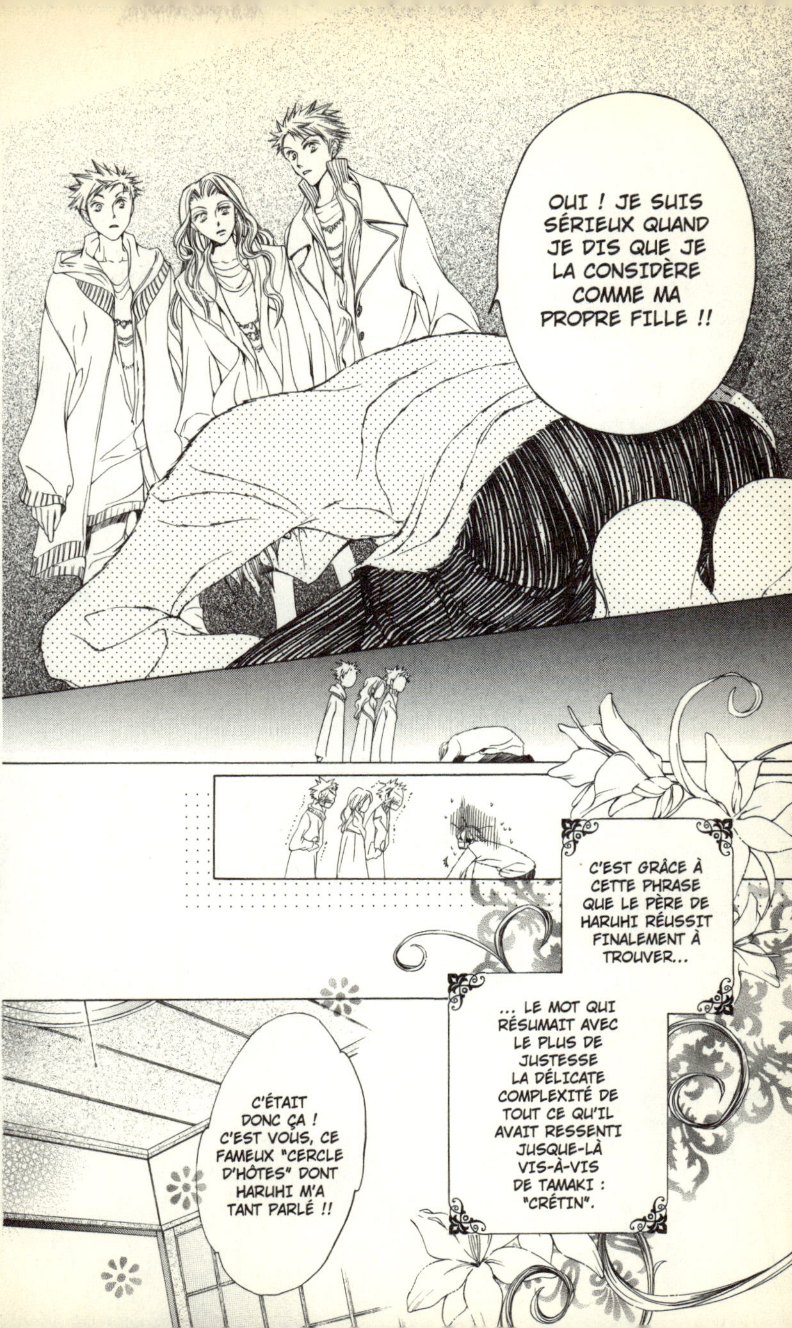
OUI ! JE SUIS SÉRIEUX QUAND JE DIS QUE JE LA CONSIDÈRE COMME MA PROPRE FILLE !!
C'EST GRÂCE À CETTE PHRASE QUE LE PÈRE DE HARUHI RÉUSSIT FINALEMENT À TROUVER...
... LE MOT QUI RÉSUMAIT AVEC LE PLUS DE JUSTESSE LA DÉLICATE COMPLEXITÉ DE TOUT CE QU'IL AVAIT RESSENTI JUSQUE-LÀ VIS-À-VIS DE TAMAKI : "CRÉTIN".
C'ÉTAIT DONC ÇA ! C'EST VOUS, CE FAMEUX "CERCLE D'HÔTES" DONT HARUHI M'A TANT PARLÉ !!

QU'EST-CE QUE TU AS FAIT, BARON, TU AS ESSAYÉ DE LA VIOLER OU QUOI ?
AH !
DEVANT SON PÈRE, EN PLUS. T'ES VRAIMENT PAS MALIN !
BONJOUR ! NOUS SOMMES LES FRÈRES HITACHIIN ! NOUS SOMMES LES MEILLEURS AMIS DE HARUHI !
VEUILLEZ EXCUSER LES MANIÈRES PEU CAVALIÈRES DE CET INDIVIDU, MAIS DÈS QU'IL EST EN PRÉSENCE D'UNE FEMME, IL PERD TOUT CONTRÔLE...
SI VOUS SAVIEZ LE NOMBRE DE DEMOISELLES AVEC LE CŒUR DESQUELLES IL A JOUÉ... C'EST INVRAISEMBLABLE. LES ÉTOILES DU CIEL NE SUFFIRAIENT PAS À LES COMPTER... UNE VRAIE MACHINE À FABRIQUER DES PHÉROMONES !
TROMP
TROMP
TROMP
TROMP
!!
?!
"JOUÉ", VOUS DITES...
TWITCH
QUAND IL S'AGIT DE HARUHI, JE NE "JOUE" JAMAIS ! JAMAIS, VOUS M'ENTENDEZ ?
NE... NE LES ÉCOUTEZ PAS !!
JE SUIS SÉRIEUX ...
OHOO !!
IL VA LUI FAIRE SA DÉCLARATION ?!

... ET QUE JE M'OCCUPE DÉFINITIVEMENT DE CE GIGANTESQUE CAFARD IGNOBLE QUI N'ARRÊTE PAS DE COURIR PARTOUT DEPUIS TOUT À L'HEURE...
... ET QUI SE PERMET DE PARLER À MA FILLE COMME S'ILS AVAIENT ÉLEVÉ LES COCHONS ENSEMBLE !!
BAH ALORS, BARON ? QU'EST-CE QUE TU FABRIQUES ?
NOUS ON T'ATTEND, ET TOI, PENDANT CE TEMPS, TU T'AMUSES...
OH !
REGARDE, ON AVAIT RAISON, C'ÉTAIT BIEN LE PAPA DE HARUHI !
ON L'A CROISÉ EN BAS.
HI ... HIKARU !!
KAORU !!
C'EST LE CIEL QUI VOUS ENVOIE !!

JE SUIS VRAIMENT DÉSOLÉE POUR HIER SOIR !
TU NE T'ES PAS SENTIE TROP SEULE ?
COMME JE TE L'AI EXPLIQUÉ, JE N'AI VRAIMENT RIEN PU FAIRE ! LA PATRONNE A EU UN ACCÈS DE FIÈVRE...
ÇA... ÇA A FAIT "ZOOCK" ?!
EH BIEN !
JE NE SAIS PAS POURQUOI, MAIS J'AI UNE GROSSE DOULEUR À L'ÉPAULE GAUCHE... UN PEU COMME SI JE VENAIS DE FRAPPER LA BÊTE LA PLUS BRUTALE ET NAUSÉABONDE DE L'HISTOIRE DE CE SIÈCLE !
DI... DITES ...
MAIS C'EST PROBABLEMENT SEULEMENT DE LA FATIGUE, APRÈS MA VEILLÉE DE LA NUIT DERNIÈRE...
CRUNK CRUNK
HAAAA...
JE DONNERAIS TOUT POUR UNE BONNE TASSE DE THÉ BIEN CHAUD !
JE...
JE M'EN OCCUPE !!
BON, FINALEMENT...
JE CROIS QUE JE VAIS FAIRE UN PETIT SOMME, EN FAIT !!
DU...
DU THÉ.. DU THÉ...!!
CLATTER
HARUHI ! DIS-MOI VITE ! EST-CE QUE TU FAIS BOUILLIR TON EAU CHAUDE AU FEU DE BOIS, D'HABITUDE ?
OÙ EST-CE QUE TU AS MIS TES BÛCHES ?!!
CLATTER
QU...
VI... VITE, UN FUTON !! IL FAUT QUE JE LUI INSTALLE UN FUTON !!
GO, ZE KING !!
HARUHI ! LE FUTON DE TON PÈRE, C'EST LEQUEL ?!!
MAIS AVANT TOUTE CHOSE... IL FAUT QUE JE RETROUVE VITE MA BOMBE INSECTICIDE...
SBAM SBAM

YEEEEEK
JE VAIS ME FAIRE TUER...!!!
...
AH !
SALUT PAPA !
CALME-TOI CALME-TOI CALME-TOI CALME-TOI, "ZE KING" !!
C'EST UN TRAVESTI, CERTES, MAIS ÇA N'EN RESTE PAS MOINS UN HOMME !
TOUT CECI EST UN ACCIDENT. UN AC-CI-DENT ! JE N'AI RIEN FAIT DE MAL !
OR, ENTRE HOMMES, JE SUIS SÛR QU'ON PEUT ARRIVER À DISCUTER TRANQUILLEMENT ! JE VAIS LUI EXPLIQUER MON PROBLÈME SANS PANIQUER, ET IL VA M'ÉCOUTER SANS S'ÉNERVER...
TUTUM
TUTUM
TUTUM
TUTUM
SMILE
VOYOOONS !!
MA CHÉRIE, QU'EST-CE QUE TU FAIS ICI, COUCHÉE PAR TERRE TOUTE SEULE ?
CE N'EST PAS UN ENDROIT POUR FAIRE LA SIESTE !
MUR
GONK

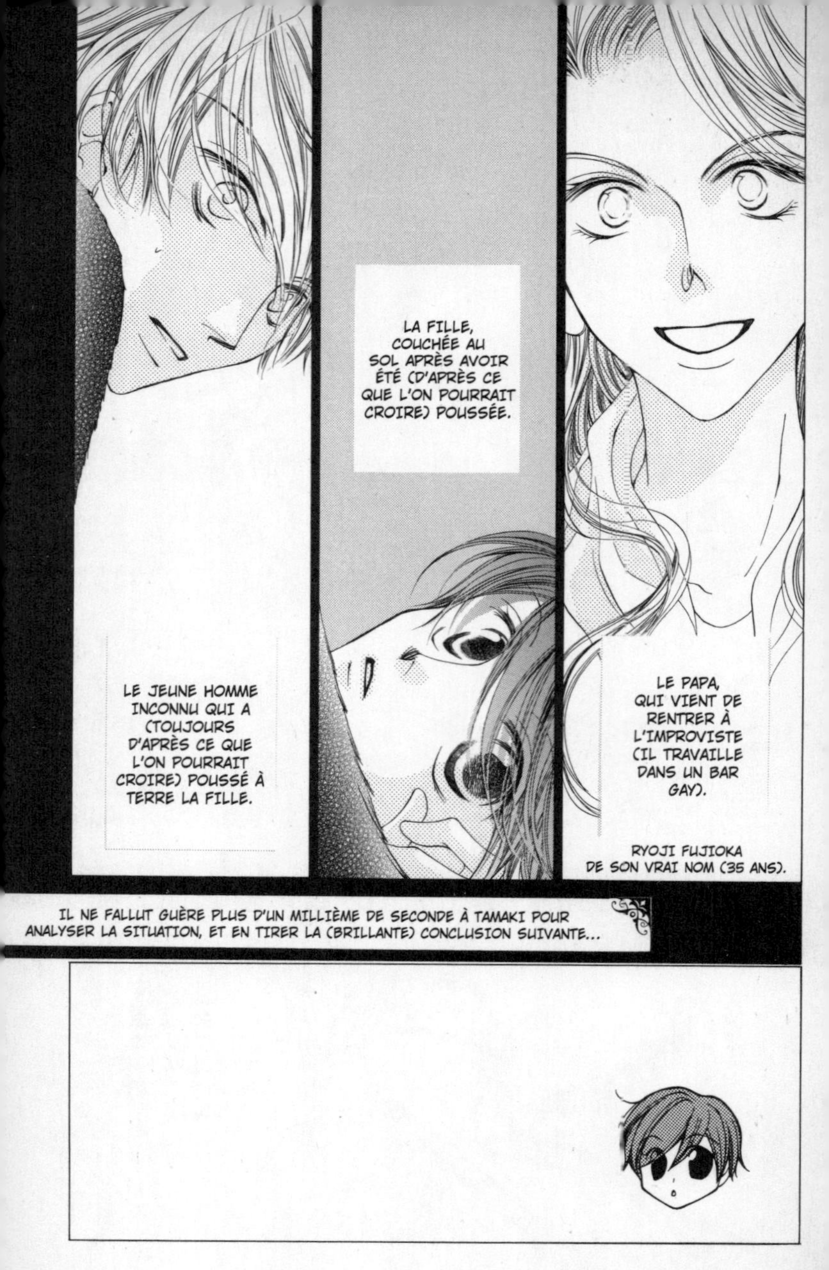
LE PAPA, QUI VIENT DE RENTRER À L'IMPROVISTE (IL TRAVAILLE DANS UN BAR GAY).
RYOJI FUJIOKA DE SON VRAI NOM (35 ANS).
LA FILLE, COUCHÉE AU SOL APRÈS AVOIR ÉTÉ (D'APRÈS CE QUE L'ON POURRAIT CROIRE) POUSSÉE.
LE JEUNE HOMME INCONNU QUI A (TOUJOURS D'APRÈS CE QUE L'ON POURRAIT CROIRE) POUSSÉ À TERRE LA FILLE.
IL NE FALLUT GUÈRE PLUS D'UN MILLIÈME DE SECONDE À TAMAKI POUR ANALYSER LA SITUATION, ET EN TIRER LA (BRILLANTE) CONCLUSION SUIVANTE...

PERSONNAGES

Haruhi Fujioka (Seconde A)
Jeune fille au caractère plutôt candide, elle est boursière dans l'établissement. Le fait qu'elle ne soit pas un garçon est bien sûr un secret pour les clientes !

Tamaki Suo (Première A)
Président du cercle d'hôtes. Favori des clientes (il paraît…). Un peu narcissique et légèrement crétin.

Kyoya Ootori (Première A)
Officiellement vice-président du cercle, c'est en réalité lui qui s'occupe de tout. Difficile de deviner ce qu'il manigance derrière son sourire énigmatique…

Hikaru Hitachiin (Seconde A)
Hédoniste qui pense que les autres sont tous des jouets. "Grand frère" de Kaoru. Signe astrologique : Gémeaux.

Kaoru Hitachiin (Seconde A)
"Homosexualité romantique", "inceste" et "beauté de la symétrie" sont les trois arcanes de son succès auprès des clientes. Signe astrologique : Gémeaux.

Mitsukuni Haninozuka (Terminale A)
Alias "Hani". Ne sort jamais sans "Lapinou" (un lapin en peluche).

Takashi Morinozuka (Terminale A)
Alias "Mori". Appartient également au cercle de kendo de l'école. Accompagne toujours Hani partout où il va, mais parle peu.

HOST CLUB
LE LYCÉE DE LA SÉDUCTION
CHAPITRE 13

INTRODUCTION

Cette histoire se passe dans le lycée Cerisiers et Orchidées, un établissement pour jeunes gens de bonne famille. Entrée comme boursière, Haruhi, l'héroïne prolétaire, franchit un jour la porte de la salle de musique n° 3. Derrière… six jeunes et beaux garçons l'accueillent : c'est le "cercle d'hôtes" ! Portant peu d'intérêt à l'apparence et à l'esthétique, Haruhi aurait a priori préféré que les choses en restent à cette simple rencontre… Mais c'était sans compter sur sa maladresse : brisant un vase d'une valeur de 8 millions de yens appartenant au cercle susdit, elle est contrainte d'y rentrer comme membre permanent, en guise de paiement de sa dette… Les membres du cercle d'hôtes, toujours aussi curieux de tout ce qui touche à la vie quotidienne des "gens du peuple", se rendent chez Haruhi. Alors que le groupe est dehors, et que Tamaki et Haruhi sont seuls à l'intérieur de l'appartement de celle-ci, Tamaki glisse, et se retrouve… allongé sur notre héroïne. Et c'est bien évidemment pile à ce moment-là que le père de la jeune fille rentre…

Host Club
Le lycée de la séduction

Bisco Hatori — 4